耕阜
石阜

李龙 ◎ 主编

文匯出版社

图书在版编目(CIP)数据

耕阜石阜 / 李龙主编. —上海:文汇出版社，2019.2
ISBN 978-7-5496-2805-6

Ⅰ.①耕… Ⅱ.①李… Ⅲ.①散文集-中国-当代
Ⅳ.①I267

中国版本图书馆 CIP 数据核字(2019)第 033624 号

耕阜石阜

主　　编 / 李　龙
责任编辑 / 熊　勇
出版策划 / 力扬文化

出版发行 / **文匯**出版社
　　　　　上海市威海路 755 号
　　　　　(邮政编码 200041)
印刷装订 / 成都勤德印务有限公司
版　　次 / 2019 年 2 月第 1 版
印　　次 / 2019 年 2 月第 1 次印刷
开　　本 / 880×1230　1/32
字　　数 / 225 千
印　　张 / 9

ISBN 978-7-5496-2805-6
定　　价 / 38.00 元

《耕阜石阜》编委会

序 言

当村干部这么多年，一直立足于当前的村庄建设发展，对自己村庄历史传统只是一知半解。直到 2013 年，全省开展农村文化礼堂建设，作为杭州市首批建设示范村，结合创建内容，通过"村情村史""乡风民俗""崇德尚贤""美好家园"等四个方面，以简洁的内容较全面地展示村景文化，才逐渐领悟到家乡发展的历史脉络，深深地体会到家乡传统文化的深厚底蕴。突然感觉到像是醍醐灌顶，心境为之豁然开朗，更为石阜村作为桐庐县的几个第一深感自豪。

2005 年行政村合并之前，石阜村是桐庐县农业人口第一村，是古建筑体量最大的村，是县内单一姓氏最大集聚村，九世祖方礼被奉为桐庐农业志第一人。《桐庐县志》有明确记载的村贤有 8 人（后归纳为"方氏八贤"），方礼与明太祖朱元璋的多个传说故事，从"九代单吊"到"九子成族"等，这一切都是家乡宝贵的文化遗产，如不加以挖掘和保护，若干年后，都将慢慢淡出村民的记忆，成为历史的遗憾。于是，毅然下决心要对家乡的村史文化进行深层次的挖掘整理，要尽可能真实地还原历史的风貌，要让优秀传统文化一代一代传承下去。当下新农村建设固然重要，挖掘弘扬村史文化更有意义，因为文化建设才是新农村建设的根和魂。

2014 年，经县内一直从事传统文化研究的申屠丹荣老先生推荐，我们邀请县文联秘书长李龙先生为我们创作《耕阜石阜》一书。李龙先生对传统文化与古诗词等有着广泛深入的研究，也是地方历史文化研究的佼佼者，深得桐庐文化艺术界的认可与称许；同时作为南乡人，他对家乡有着深厚的感情，所以爽然答应了我们的邀请。在这近四年时间里，他利用双休节假日，深入走访石阜村庄，频繁往返于县档案馆、县图书馆、县党史办、县地名办等单位，查阅收集了大量与石阜村及南乡历史文化相关的资料，石阜村的历史文化也逐渐在他的文章中清晰起来。

《耕阜石阜》一书的出版，一方面可以让村民了解家乡，进而感知并热爱家乡；另一方面，也使我们对优秀传统文化要传承什么、弘扬什么这一问题，进行了深入的研究和思考。我们明确了以方礼为代表人物所倡导的"积石成田垒石成阜"为传统耕阜文化精神，同时提出了当代新的耕阜文化精神："同心共力，勤耕致富，文明和谐，方为人先。"以此来传承弘扬耕阜文化，激发后人建设家园的热情。村两委会积极探索村庄发展建设新思路，把在外创业的方氏村人、政界名流、商界成功人士、学术教育界名人代表等召集一起，与村中党员、村民代表共近 300 人，于 2016 年 3 月 25 日召开了"耕阜文化建设动员会"，明确了"以古村庄保护利用为基础，以现代休闲观光农业为增长点"两个目标定位。先后申报了中心村建设、中国第四批传统文化村落、浙江省历史文化村落等，并相继获得成功。当前围绕这些建设保护规划，各项工作正有条不紊地推进当中。

作为生于 20 世纪 60 年代的一个土生土长的石阜人，对乡愁越来越有感怀，对石阜深厚的文化底蕴更深感自豪，同时有幸作为一个村庄发展的谋划者、建设者，深感耕阜文化的传承压力很大。我想只要我们大家真正了解家乡、热爱家乡，并用我们的勤劳的双手振兴家乡，石阜优秀的耕阜文化一定能发扬光大。

石阜是天子岗麓桐江之滨最美丽的家乡，难抑心中的热爱和无限的遐想，不辞浅陋，诌诗两首，以表我此时的心情：

石阜古村

方氏宗祠，积庆千年鸿基；

小弄幽绕，乐享素淡如饴；

堂屋鳞次，常忆举族迁徙；

垒石造田，方可平畴扶犁；

隆阜古韵，突闻风声水起；

古井深邃，照见月影迷离；

村前凉亭，同盟先人制夷；

千年村落，叙写耕阜传奇。

赞石阜

登高望远石头村，势若东方不夜城。

敢问斛山耕阜祖，可闻桐邑第一门。

石阜村党委书记　方明亮

耕阜石阜赋

吴宏伟

　　明洪武初，鸿濛始定，田园荒芜，百废待兴，太祖以军屯戍方自足，民多滋扰，深以为困。有司进言，桐江有方礼号耕阜者，身先劝耕，率众开荒，春种秋收，踊跃纳粮，千顷为之丰腴，万户为之应响，今呈礼《耕阜图》以献。太祖览卷大悦，传诸州县，敕令嘉奖。一时名士讴歌，贤达酬唱，天下景从，纷纷效良。

　　方礼，字思义，桐江石阜始迁祖四四公九世孙也，其先出自白云源方氏。性恬静，淡功名，工诗作，擅丹青，抱读于至正乱世，躬耕于洪武新朝，数荐于官而不仕，屡劝于农而识时。自先世于南宋乾道间迁居桐南仰卧山，凡历九世二百五十余年，遂自成族，鹊起一乡。礼以儒术立世，通固本之务，晓经纶之方，睹还牧之弊，哀饥民之殇，忧军屯之失，惜抛荒之殃。夫国之本也，首重农桑；民之本也，独推食粮；末世新朝，马乱兵荒；野荆杂棘，四野凄凉；天灾人祸，流离失行。乃偕子弟，辟地于金堂山之北，开荒于赵龙山之阳。晴耕雨读，寒来暑往，大智若愚，敢移太行，历时数载，百亩绿黄。于是数弃荐职而不就，民以丰实而从之。

　　大龙山之西，眠犬山之东有大源溪焉。肇自凤冈大小源山，上古洪流，万年成滩，乱石交错，杂草漫间，浩浩乎一望无际，坦坦然十里平川。眠犬山东有地呈浮簰形，黄沙渗流，热气蒸腾，冬暖夏凉，消雪融冰，古樟一杆，破浪前行。礼以为此乃阳基活地，遂举族更迁而构焉。又划澳为界，贯流东西，房发九派，敦亲睦戚，井如棋布，弄连堂毗。其族之兴也，竹苞松茂，其人之旺也，有赖兹耕。礼复率族人勤垦于大源溪之滩，作田家之咏，传播种之法，入懵懂之户，宣明廷之达。远近六里，咸应之倡，上下一庄，具随之忙。除葳蕤之茅草兮，野火烧灰；垒星罗之石皁兮，八卦阵堆；筑纵横之阡陌兮，车水渠引；构方正之井田兮，布谷声催；育青葱之秧苗兮，白鹭难下；策千家之犁耙兮，春燕翻飞；担壶浆之妇姑兮，丁壮在亩；颂先圣之坟典兮，稚童散归。累耕数载，荒滩顿作千顷桑田；独衍一簰，宗脉遂成江南望族。暮春之际，油菜与青苗黄绿相间，锦绣斑斓，仲夏之时，桑竹与麦穗清香沉醉，浪涛无边；初秋之节，瓜果与水稻饱实争缀，社戏连天；隆冬之令，五谷与杂粮满箩满仓，共话丰年。

至哉，礼以一介布衣，尊王化，守操节，循高蹈，倡农业，泽及乡里，衍发氏族，忧家国之本而兴耕种，系民生之艰而重仓廪，此非范文正公之先忧而后乐乎？且夫君子处世，未必端居庙堂，儒士修身，在乎达济天下，而礼之所为，兼具焉。因赞曰：

　　　方徙仙华，渊源桐江。开荒拓土，浮簰发庄。
　　　族本一脉，派衍九房。田园身隐，心忧主上。
　　　安民固本，泽惠家邦。远山近水，牧歌牛羊。
　　　晨炊暮烟，物阜民康。孝悌伦叙，积庆一堂。
　　　耕阜石皁，千古流芳。

目 录

CONTENTS

第一辑 **石阜概况**

"积石成田，垒石成阜。"
石阜方氏，远溯南宋；开疆
拓土，繁衍生息；渔樵耕读，
发家致富。逐渐形成独特的
"耕阜石阜"品牌。

地理特点

　　石阜村位于浙江省桐庐县江南镇，富春江南岸，北纬 29°
51′~30°00′，东经 119°35′~119°46′。石阜村北至窄溪，南接珠山，
西连莲塘，东邻小潘，面积 1.78 平方千米。与 320 国道相邻，杭
千高速贯穿全境，交通便利；是桐庐东大门，原石阜镇政府所在
地，地理位置优越。

　　石阜行政村辖石合、石联、石丰、石伍、石阜、中市坞、大
龙山、水碓里、唐家坞、赵龙山、王家塘 11 个自然村，24 个村
民小组，共 1231 户，3816 人。其中，石合自然村位于石阜村西
南，窄石公路穿村而过，取合作生产之意得名。石联自然村位于
石阜村南，与珠山村相连，以石阜一部分、唐家坞联合组成得
名。石丰自然村位于石阜村东侧，取期望丰收之意得名。石伍自
然村位于石阜村北侧，窄石公路穿过，昔为原石阜小乡第五行政
村，故名。石阜自然村聚落于大龙山南，呈条块状，村东、南、

北三面临田畈，江南公路于村前穿过，富春江南渠和肖岭水库之水流经本村。昔为荒溪，南宋时，方姓由浦江迁此造田，明朝后积石成阜，故名，别名下石阜。中市坞自然村聚落于紫竹山麓山峧里，呈条块状，东、西临田畈，南、北临山。昔坞中多柿树，名中柿坞，后谐称今名。清道光年间，赵姓由富阳县大桐洲后江赵家迁居此地。大龙山自然村位于大龙山山脚，山以形似大螺，土语谐音为今名，村以山名。水碓里自然村东临山，其他三面均临田，因原有一座水碓得名。清道光年间，方姓由石阜村迁居此地，渐成村落。唐家坞自然村聚落于亭子山南麓，呈条块状，东靠唐家岭，南有天井塘，西临田畈，北临亭子山，肖岭水库东干渠从村前由西向东经过。地处坞中，原唐姓居住，故名。清同治年间，石阜方姓首户迁住。现唐姓已无，村名仍旧。赵龙山自然村聚落于赵龙山脚南侧，呈条块状，北靠赵龙山，东、南、西临田，俗名"讨饭澳"溪水从村前由西向东流过。地处赵龙山脚，山形似桥龙（当地元宵节彩灯），故以山名村，后方言谐音为今名。清光绪年间，石阜村方姓迁此居住成村。王家塘自然村位于石阜村南，聚落于珠"峰"山侧。村西北邻大因山，东邻珠山吴家，西南临近大源溪，距江南公路不远，近村有塘（现已填平），原为珠山王家所有，故名。20世纪70年代村民在此建房，繁衍成村。

石阜村主要发展农业水产养殖和粮油种植产业，村民经济收入主要源于针织来料加工。据统计，2017年农民人均收入达到26072元。

石阜村地势由西南向东北倾斜，水流窄溪马浦。村四周小山环绕。东部为金堂山和大龙山，金堂山为三节蜈蚣形；南面的岩山称狮山、赤山称虎山，形成狮虎把门之势；西边眠犬山（狗头山）为村庄座山；北面有赵龙山和沈家山。赵龙山有九只湾，传说有风水宝地，但葬得着做大官，葬不着一只篾篓一只碗（意思为讨饭）。石阜村整个村坐西朝东，以村西眠犬山为靠山。

因为地形南高北低，北面赵龙山和沈家山距村较远，且两山间也有距离，所以在两山之间堆土三尺做隆阜山加以连接，上植树木；同时在近村的眠犬山北端与村东大龙山之间做数百米长二米高的长埂。两道大门用来在北面拦水口，以聚拢一村人气和财气。

石阜村耕地面积 **172.73** 公顷，林地面积 **19.23** 公顷。以粮食生产为主，副业生产有茶叶、柑橘。石阜村的可耕地，主要有东面的姚塘畈、金塘畈，南面的枕山畈、大

畈，西面的莲塘畈、松毛畈，北面的下畈、沈家庵畈、高大畈、余家畈等。因为地势倾斜，水源发于略高的南边且相当充足，所以石阜耕地均为自流灌溉，旱涝保收。同时因为低缓山丘较多，所以也有数量不少的山垅田，主要有金塘垅、章青塘垅、羊爬垅、二爬垅、周家塘垅、木湾垅、弯得垅等。这些山垅田数量少于畈阳田，但易受干旱，唯有靠山塘蓄水抗旱，也能保得丰收。

整个村落处于大源溪古滩上，附近多沙砾土质；大源溪从附

近流过，地表水与地下水水量丰沛。村中有饮用水井23个，洗涤及灌溉水塘26个，数量众多，且水质优良。现将这些井与塘的名称大致罗列于下：井有新井1、新井2、双井、轮昌井、大龙斗、小龙斗、九房井、上喻井、小竹篷井、狗食钵井、书房井、神塘井、总沸潭、六亩丘井、牛车盘井、棺材井、扒篮井、章家井、槽角井、西鱼埂井、明塘井、坑煞井、章林舍井等，塘有石阜大塘、章青塘、荷花塘、周家塘、胡须塘、里仁塘、外仁塘等。

村中有名的泉水主要有两处，一处为祠堂边的石鳞泉，村民叫大岸泉；二为下畈泉水龙口，现已扩建成井。

村两委在县委县政府的领导下，努力开展新农村建设，加大村级文化建设力度，挖掘整理"耕阜石阜"的文化特质，以继承先人优良传统，弘扬祖先勤劳致富、耕可致阜的"耕阜文化"和积石成阜、敢为人先的创新精神，在十九大精神指引下，共同描绘未来发展的宏伟蓝图，使村民生活得更加美好。

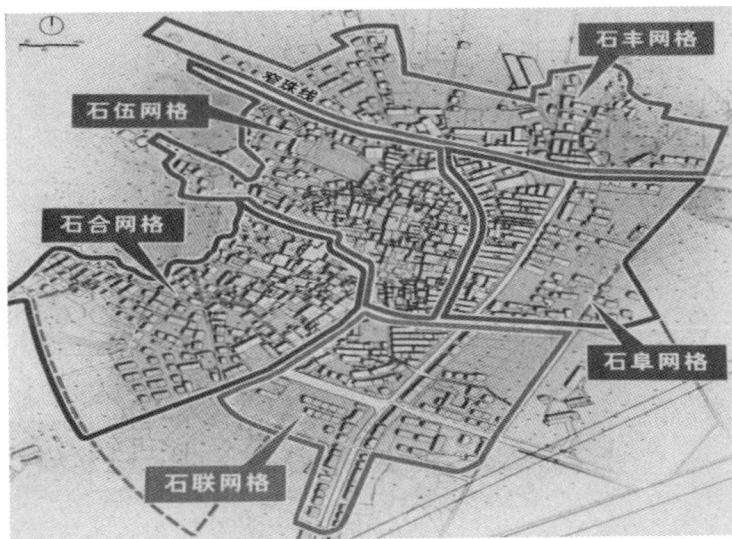

村景规划

    古时建村，十分重视村庄的选址和布局。石阜村从原村形状看，就像是一只顺流而驶的浮簰（排），行驶在大源溪丰沛的水源之上。

    因为当年斛山阿太方礼从仰卧山看过来，在漫山遍野都是一片白茫茫雪地的时候，只有现在石阜这一片地方雪一下即化，且形状像一只浮簰，顽强地在一片雪浪中奋勇前行；并且在这块没有雪的地方的北端，正好有一棵高大的樟树，就像是浮簰前的杆子。这个当初的第一印象让方礼记忆深刻，所以他带领大家积阜

垦荒时就沿雪地的东侧分界线先挖了一条大澳，澳东为田，澳西建房。后来规划村庄时就把房屋都建在澳西。簰浮于溪，这是何等的自然，又是多么的富有诗意啊。石阜一代代人就这么实在而又诗意地栖居着。

据村中年长者说，以前村里做石子路都不会做到尽头，原因就在于，因为石阜村是浮簰形，如果石子路做到头的话，就好像是缆绳，会把浮簰拴住而不能前进，村子也就不能发展了。

当然这些都仅仅只是传说，没有任何科学依据。不过事实也真的是非常奇怪，澳西村中地下水清冽甘甜，遍布村中的廿多口水井的水质都很好，还一年四季都保持在 17 摄氏度左右，可以说是四季恒温；而澳东的水则只能灌溉不能饮用。这是一种自然现象，还是历史人为使然？抑或冥冥之中，皆有安排，而石阜方氏只是顺其自然，顺势而为？

其实石阜先人早就规划好了村子的布局。我们不妨从村中水系及水口布置两方面来分析。

因为村子是建在原来的溪滩之上的，南侧地势较高处为大源溪来水，大源溪上游为深山老林，山高林密源深，集水面积很大，经凤川后又集小源溪之水，如遇大雨集中山洪暴发，石阜又处于地势稍低处，很容易受洪水侵害。事实上也确实如此。据记载，仅 1801 年到 1982 年，大源溪曾暴发较大山洪就达 8 次，河道不断变迁。大源溪从珠山到石阜有两个缺口，因落差较大，大水很容易分流经石阜出马浦窄溪入富春江，导致石阜村受到灾害。

所以石阜先人就采用疏与堵双管齐下的方式来解决这个棘手的问题。

疏导分流是大禹治水成功的原因。石阜水系安排也采用了疏导的方法。从现存水系来看，村东大澳从南到北贯穿全村，水质清洁无污染，主要为村民生活洗涤服务，流经下畈后加入灌溉水系。大水来时，大澳成为拦在村前的一道护村河，可以分流一部分洪水，有效缓解大水对村庄的冲击，是石阜村的"母亲河"。而在金堂山下有一条金堂澳，又宽又深，平时负责全村百分之九十农田的灌溉，洪水时排涝，从而使村庄远离大水威胁，可称得上是石阜村的"生命河"。

堵住源头，是治水的捷径。想必斛山阿太方礼当年积阜屯田时一定治理了大源溪，不然不可能形成千顷良田。只是他如何治理大源溪，除了为后人留下了大澳和金堂澳等这些不易改变的工程之外，没有留下别的更多的依据。但清朝嘉庆年间的一次治水，却是有据可查的，还留下了砻糠坝治水工程及相关的传说。

所谓砻糠坝，是说当年修筑这条水坝就像用砻糠搓绳一样难。砻糠搓绳，当是何等的难度，可见当时建坝之难。但不管怎样，坝还是建成了，都是用大块石干砌而成，从此拦住了山洪冲出大源溪给村民带来的灾害，保住了村庄与粮田的安全。

1963 年建成肖岭水库，把大源溪河道取直，并砌筑了堰坝，更是堵疏结合的成功

典范，从此，石阜再也不用担心受洪灾侵袭了。当然这是后话。

关于村景水口的布置，在上一节"地理位置"已经说到，石阜村三面环山，只有北面低地缺口。北面虽有赵龙山和沈家山，但因距村较远，作为屏障，留有大缺口，所以在两山之间堆土三尺做隆阜山加以连接，上植树木；同时在近村的眠犬山北端与村东大龙山之间做数百米长二米高的长埝，植树为屏障并立碑禁止盗伐下沙树木。两道人工屏障用来在北面拦住缺口，以聚拢一村人气和财气；同时又在长埝中间、大澳出村口水口位置建阜成庙，形成下沙水口，阜成庙正好起到关锁作用。另外村南的毛栗山，在整个村庄布局上属于龙脉，历来只准培植不准开挖，受到村民良好的保护。

从古代堪舆学角度分析，一村的阳基相当重要。石阜村就通过隆阜山和长埝以及阜成庙的关锁，形成了很好的村庄阳基，得以向阳近水又藏风聚气，从而使石阜成了子孙繁衍、事业兴旺的风水宝地。

村史沿革

石阜方氏最早于公元1165—1173年（南宋乾道年间），由浦江方氏四四公长子方璿迁来定居。当时桐庐县置18乡，下辖44里；熙宁中行保甲法，调整区划，合并为11乡，里依旧。石阜一带归定安乡管辖。

明代，乡依旧，乡以下置管、图，桐庐置管于乡，区划内按序数编列，共29管50图。本地仍属定安乡。

清雍正六年（1728），编行顺庄，桐庐于雍正七年共603庄。石阜庄归定安乡。

宣统二年（1910），乡自治成立。

民国三年（1914），自治停止。

民国十五年（1926），北伐军控制桐庐后，城乡推行"村里制"，县以下编制区、村、闾、邻。

民国十九年（1930），《自治法》颁布，改"村里制"为

"乡镇制"，县下设区，区下设乡（镇）、闾、邻3级。石阜称闾，归属窄溪区定安乡。

民国二十三年（1934），废闾、邻，编保、甲，以10户为甲、10甲为保，6保以上建乡镇，并撤销区一级建制。桐庐置92乡镇、269保、2669甲。石阜归属变为阜义乡。当时阜义乡辖14保，130甲。

民国二十八年（1939）二月，桐庐置儒闾、窄溪、横村3区，石阜所在阜义乡属窄溪区。

1949年5月6日，桐庐解放，建立人民政权，废保甲制度。初，县以下设区政府；当年冬，沿用旧乡区划建立乡政权，以"保"改置行政村。桐庐置5区24乡，其中四区区政府驻石阜，辖窄溪、梅蓉、七庄、深浦、环溪、白鹤、阜义、凤川、三管、四管等10个乡。

1950年夏，调整乡级建制，桐庐置4区、52乡、1镇。石阜乡属窄溪区，区公所驻石阜，后移窄溪。

1956年6月，撤区并乡，桐庐置1镇26乡，石阜村隶属石阜乡，并为乡政府所在地。

1958年9月，撤销乡镇建制，建立人民公社。石阜归属窄溪公社石阜管理区（初称大队）。

1961年10月，调整公社规模，缩小区划，废止管理区，同时重建一级建制，分辖各公社。石阜属窄溪区石阜人民公社管辖。

1963年8月，撤销桐君、窄溪、横村区建制。石阜大队所属石阜公社直辖于桐庐县。

1984年3月，完成"政社分设"，重建乡、村政权，以公社管理委员会改置乡人民政府，生产大队改置村民委员会。石阜属石阜乡，乡政府驻石阜村。

1992 年 5 月，全县行政区划调整，撤销石阜乡、凤鸣乡，建制石阜镇，辖 15 个行政村，石阜、石联、石合、石丰、石伍 5 个自然村仍属石阜镇管辖，石阜仍是石阜镇政府所在地。

2004 年 12 月，桐庐实行行政区划调整，撤销窄溪、深澳、石阜 3 镇，新建江南镇，驻窄溪。从此，石阜村归属江南镇管辖。

需要特别说明的是，现在我们所说的"石阜"，是指包含石阜、石联、石合、石丰、石伍 5 个自然村以及其他各小村的"石阜行政村"。从南宋末年方璠入迁石阜，元末明初方礼从仰卧山到下石阜，村名一直未改变，然村子则越来越大，发展成了现在石阜、水碓里、中市坞、大龙山、石联、唐家坞、石合、王家塘、石丰、赵龙山、石伍等 11 个自然村的规模，不能不说是一个奇迹。但 5 个自然村还是同一个行政村，房屋也连成一片并没有明确分界，特别是大家同为方氏后人，心永远紧紧连在一起。

百姓经济

　　村中百姓经济以种植业为主，农闲时兼营其他，共同支撑家庭日常生活及简单的村级经济。本节择要作简单介绍。

　　种植业：解放前主要一年二熟，夏天以水稻种植为主，较多种植产量较高的籼稻，民国前后主要品种为和岩种、雷坞种、龙游细等；少量种植糯稻，糯米用于年节大事做粽子年糕冻米或酿酒；在一些水源不能保证的山垄旱田也种植叫毛天台的旱稻，但亩产只有二三百斤。解放后，一年三熟，种双季稻，以提高年亩产。冬季作物主要是小麦、油菜和草子（紫云英）。旱地主要兼种玉米、番薯、马铃薯等，也少量种植芝麻、花生、大豆等油料

作物，主要也是用于自己食用。番薯大约在 1938 年左右从白鹤乡严坞村传入。此作物易种、高产、少病虫害，并且可代主粮充饥，所以发展迅速，并由此引出番薯龙须、番薯条、饴糖等，这些，现在都已成为村民日常生活常见的食物。主要农具为锄头、铁钯、犁、耙、耖等，脱粒工具是稻桶；1955 年开始使用脚踏打稻机，降低了劳动强度；1963 年开始有了电动打稻机，大大提高了劳动效率。现在成片田畈一般采用收割机。

副业：村民除种植粮食作物外，主要经济来源靠副业。以前本村传统副业主要是做手工草纸（俗称毛纸），并且有专门生产草纸的毛纸人家。解放后还有草屋头 5 处、料场 5 处、纸槽 100 多张。具体情况在第三章"耕阜文化"的"捞纸致富"一节中详细介绍，在此不再赘述。

水碓：村民粮食加工、碾米、碾粉，除有私人手工推磨、石臼外，主要靠水碓加工。石阜有东方碓和雅泉碓两处水碓，都是利用大澳水的落差建碓，用水力推动轮转舂谷磨粉等。据说水碓里自然村就是因为那里的水碓而逐渐形成并命名的。1963 年公社在阜成庙里办了加工厂，1968 年后各村都建造了加工厂，水碓才

逐渐闲置不用。

斫柴：古话说"开门七件事，柴米油盐酱醋茶"。柴排在第一位，可见其重要性。因为本村附近的小山都已经深度开发，开垦为山地，山林只有远离村庄的三源山才有林木，所以清代以前，村民就有到三源斫（砍）柴的传统。以前本村去三源的路大部分是羊肠小道，还有些路段要蹚溪水才能过去；山林又因为烧木炭而被过度砍伐，在高家村附近山里都无柴可砍，只能到更远处的雪水岭和华家塘等地，所以在光绪年间就曾发生过因砍柴而与烧木炭的江西人械斗的事件。到民国初年，一般在上店、黄肠坞、桃岭、松香坞、毛村等地附近山上砍柴；20世纪六七十年代有了独轮车，运输力增强，可以一天两担，但有几个路段还是得背柴背车。"黄洋拆底，眠床搁起"，说的就是当地人砍一担柴所需付出的艰辛。但有少数人也会在自己烧用之外，卖柴给人家，以贴补家用。所以就有了民谚：柴养樵来不值钱，老山朝去暮方还。两头换得二升米，只卖肩来不卖山。

小店：石阜村的小店，以前总保持在10家左右，有开有关，都是夫妻店，用自己的屋场，经营一些简单的生活必需品，如油、盐、酱、醋、烟、糖、酒等，有的前面店，后面作坊，兼做豆腐、香烛冥钱祭祀品等。

医药：石阜村以前有两家中药铺，店老板都是懂医术的郎中，自己坐堂看病，自己撮药，既方便，费用也不贵，吸引了十里八村的村民前来看病买药。这在缺医少药的年代，也不愧为一件大好事。1949年10月，本村方游在村里开设诊所，后方游调入省立临安医院；1952年成立供销社，药店并入供销社。1953年村办诊所，设内科外科和中医。1963年前诊所设于石联民房中，后到1972年间迁至石合集体房内，1972年至2002年在供销社后医院内，2003年3月19日搬入石阜珠山两村交界处新医院。

货郎担：大村子人口多，消费比其他村子也多一些，因此货郎担穿梭于农村的街头巷尾，沿路叫卖，从事小商品销售，附带收购小土产和废品等，可以补充固定商业网点的不足。这一零售的商业模式确实方便了村民生活的需要。特别是废品收购，用现在的话说就是生活垃圾分类，既变废为宝，又减少了对环境的污染，还养成了人们特别是小孩子的积攒、节约的良好习惯，培养了简单的商品意识。

面坊：石阜村有两家面坊，一家生产索面，一家生产馒头，方便村民调换，有时也用货郎担的方式肩挑叫卖。

能工巧匠：石阜有技术高明的匠人，它们都拜鲁班为祖师爷，没有书面教材，全靠师傅带徒弟的方式口授传承技艺。不用图纸，也能建造楼堂庙宇。负责人称作头师傅。大木建造走马堂楼、小木打制精美家具、篾匠打制金丝盘担、泥工砌造石子墙体……无一不是技艺高超，为后人赞叹。

（本节资料由方庆庭提供）

时令乡风

俗话说，"三里不同风，五里不同俗""入乡随俗"，一地有一地的乡风。乡风是历代相沿积久、约定俗成的风尚、习惯的总和，是人们在衣食住行、岁时节庆、生产娱乐、宗教信仰等方面广泛遵循的行为规范和文化心理。它沟通着历史与现实、物质与观念、道德与法律，折射着中华五千年的沧桑变革。在传统的节日中，就集中体现了淳朴的乡风。所以我们通过节日来了解当地的乡风，不仅能理解一地的传统文化，自觉而有效地移风易俗，还能大大提高我们的道德水平和人文素养。

春节 俗称"过大年"，也称"正月初一""大年初一"。天亮由男子放"开门响炮"开门纳福，并由男人泡糖汤、烧长寿面、年糕服侍妇女；逢人遇事只说吉利话。旧时堂前供祖像，家长上祠堂祭祖，晚辈向长者敬送鸡蛋茶。这一天一般不扫地，不动用刀针利器。初二开始晚辈向长辈拜年。不过作为传统节日，春节一般从农历十二月廿三(四)日祭灶爷爷开始，到正月十五闹完元宵止。

元宵 就是正月十五，旧称上元节、元宵节、灯节。家家吃汤圆或饺子。这一天，石阜村舞龙灯、跳狮子、抬献轿等，十分热闹。入夜，男女老少一齐"逛灯"看天亮戏。

花朝 二月初二称"花朝"，传为"百花生日"。旧时，农妇在这一天夜里以香烛召请坑姑，占卜蚕花和家事；男人则乘吉日栽种果树。

清明 是祭奠先祖和逝者的日子，这一天门上插柳条，吃青馃，家家上坟扫墓。到墓地除草培土、挂长钱、供饭菜果酒、点香烛、烧纸锭、放鞭炮祭祀。旧时在做青馃时还会为家中小孩子做"生肖"，蒸熟后放于通风处风干，到立夏时再洗净蒸吃，称可以辟邪。

立夏 这一天中午家宴，都会有几样食物，且都有约定俗成的含义：吃鸡蛋，皮肤光滑不生疖；吃小笋，节节有力；吃苋菜，不发痧；吃蚕豆，眼目清亮。中饭后称人体重，可防疰夏，但属龙、蛇者忌称。

端午 旧时门上插桃枝，或菖蒲艾叶，室内以苍术白芷烟熏，墙根撒石灰，有的堂前挂钟馗像，门上贴符箓。午饭吃"五黄"（黄鱼、黄鳝、蛋黄、黄瓜和雄黄酒等带"黄"字食品），另加大蒜煮肉，粽子是特定食品。小孩挂香袋，吃雄黄蚕豆，并用雄黄（也有用南瓜花代替的）涂额头。端午节前一日，外婆家给外孙送扇子、肚兜、香袋和虎头鞋等。毛脚女婿给准丈母娘家送糖，丈母娘则以衬衫回礼。

天贶 俗称"天赐日"，也就是农历六月初六，说"六月六，猫狗洗洗浴"，这一天乡间孩子玩水父母不禁，愿其如猫狗一样健康。同时翻晒书籍、冬衣及木制家具。农家酱饼落水开始晒酱。

乞巧　农历七月初七，称为"乞巧节"。早晨欣赏朝霞，称"看巧云"。妇女用槿树叶洗头，姑娘玩穿针游戏，以求女红精巧。

中元　即农历七月十五，俗称七月半、鬼节。解放前，家家祭祖。请僧侣、道士作盂兰盆会超度孤魂，或放焰口"施食"；特定节日食品是"油戟（菱形面粉皮一角穿中孔成形后油炸食品）、麻球"等。至七月三十，俗称地藏王菩萨生日，信佛妇女进香宿山。这一晚，在门外墙边插路香。

时节　石阜村时节选在每年农历八月初一，为桐庐南乡时节最早者。详情在"耕阜文化"章节的"时节祭神"板块介绍。

中秋　即农历八月十五，俗称团圆日。节前，以月饼馈赠亲友，女婿则向岳父母家送月饼、栗子和蹄髈等。届时家人团聚会餐，并赏月、吃月饼。

重阳　即农历九月初九，有裹粽子、做麻糍、插茱萸、赏菊花、饮菊花酒、登高等活动。近年已将重阳节定为老年节，开展敬老活动。

冬至 又称"冬节",有"冬至大如年"之说。旧时,农家做麻糍祭灶神,谚谓:"冬节麻糍馊,种田不发愁。"旧俗冬至夜出嫁妇女不宿娘家,说是在娘家"过个冬,死个公"。这一日有的到亲人墓前"送寒衣";迁坟修墓亦宜在这一天办理。

还年福 年前,"廿三掸屋尘,廿四送灶神",除尘工具都用新的,以图吉利;"廿七洗久疾,廿八洗邋遢",春节前洗澡理发有消灾祛病的功效;做豆腐、裹粽子、做米粿、打年糕、杀年猪、办年货、挂年画、烧年猪头、请年老爷、吃年夜饭。过了腊月廿四后,家家开始做过年的准备工作。其中的"杀年猪"和"还年福"较为隆重。杀年猪需约定吉利日子,有讲究的妇女会给年猪烧纸钱,然后"诺肉——诺肉——"地叫几声,表示感谢。送灶王爷后需择日还年福,一般用猪头一个、活鱼一条、公鸡一只,放一大盘中称"福礼",另外米粿、粽子、长寿面、豆腐饭等,再是几碗大菜,一起放桌上,礼盘中放菜刀一把,用盅12只(如是闰年则放13只),备好酒壶,燃起香烛,朝门外拜天地,接着放鞭炮、烧纸钱,祈求来年平安吉祥。

除夕 即年三十,又称过年。吃年夜饭时一家团聚,外出未归者留位。满桌菜肴不动鱼和肉圆,表示"年年有余""团团圆圆";也不喝汤,以免来年出门淋雨。家畜都饲年饭,就连老鼠(俗称新娘子)亦饲。饭后贴春联、红福、元宝等,米桶等家什、猪圈牛栏鸡舍都贴红,祈求来年兴旺发达;生意人会在秤钩上挂元宝,以示来年财源广进。长辈给小孩子分压岁钱,并由小孩子自行保管过年;大人用草纸为小孩子擦嘴以示"童言无忌"。这一夜长幼可彻夜不睡,进行娱乐或看春节联欢晚会,称为"坐岁"。小孩子可在无旁人时到大门背后边跳边说"今年还是你高,明年还是我高",以求来年快快长高。子时(晚上十一点到次日一点)则烟花绽放、爆竹齐鸣,辞旧迎新,把过年气氛推向高潮,欢庆农历新年的到来。

习俗礼仪

生育 旧时妇女怀孕不吃兔肉，临产不外出，娘家送糯米饭、枣子、鸡蛋和毛衫催生，催生人一到就走，不带回礼。婴儿出生，即去外婆家报生。如生男孩子，则抱公鸡去，外婆以母鸡回赠；如生女孩则反之。外婆给的鸡只养不杀，亲友送红糖鸡蛋核桃等，产房忌生人进出。初生婴儿先喂黄莲后喂奶，并缚袖七天。三朝日，谢灶神，给婴儿洗头、取乳名。名尚贱好养。满月给婴儿理发，并将果品分送邻里以示庆贺，外婆家届时送衣帽鞋袜等，男孩子送项圈脚镯，女孩送项链手钏，婴儿满月后方可出门。

婚姻 婚事一般分议婚、订婚、结婚三个阶段。

传统的婚姻讲门第、论八字，父母作主，媒人撮合，同姓禁婚，表亲不忌。因为不是现在的自由恋爱，所以有个双方议婚的环节。如果双方父母觉得两人般配，则择日订婚。订婚需送聘礼、换庚帖、送礼单，事后女方将聘礼中的猪肉馒头馈赠亲友长辈，男方宴请亲邻，宣告婚姻关系已确定。

结婚旧礼比较烦琐。一是择日，择定吉日后以"日帖"请示女方，女方可以再择日，再择只有提前不能退后。二是迎妆，嫁妆不论多少，子孙桶为必备，且都系上红棉。三是迎亲，用花轿到女方村口，放鞭炮报信待迎；迎亲人员进女方门不得踩踏门槛，新郎于厨下拜见丈母娘，聆听吩咐；如遇新娘经期，则塞以红绸暗示；新娘由女福星（上轿阿奶）帮助梳妆打扮，拜别长辈后在哭声中上轿，轿顶系万年青，由父亲或兄弟送到男家。四是拜堂，下轿阿奶陪同拜天地拜父母及夫妻对拜后拜长辈，长辈需出红包，后新娘给侄、甥红包。五是开筵，俗称吃喜酒，新娘在席间只坐不吃。然后闹新房，三天无大小，越闹越发。六是送房，由下轿阿奶送入新房，新人喝合卺酒，俗称"交杯酒"，是夜作兴亲友偷听新人谈话，谁先开口者为强，日后可以管束对方。七是回门，结婚第三天称三朝回门，新郎陪新娘回娘家探亲，并由小舅（俗称油汤瓶阿舅）送回。八是满月，婚后十几二十几天不等，娘家备礼探望女儿，用糕点果品分送邻居。

特殊婚事包括童养媳、入赘、抢亲等。童养媳是因为旧时穷人家无力娶亲，就先领养别家幼女，待其成年后即烧利市成亲。此种婚姻方式解放后禁止。入赘是因为女方无子招赘续嗣，婚后所生长子从母姓，次子可从父姓；如是独子，则一肩双挑。抢亲在农村较为流行，当男女相恋而女方家长反对时，有暗约抢亲的，由男方带帮手在约定地点隐蔽，待姑娘借故外出相遇即扶上

肩舆（也叫滑竿、筇子，相当于一种简易的轿子）逃去，一到男家就马上拜堂成亲，同时媒人赶到女方家说合，生米已经做成熟饭，从此冤家变成亲家；也有因无经济实力办婚事者，暗约抢亲而办简易婚礼；如女方是寡妇，一般家族不允许其再嫁时，也会采用抢亲的方式成亲。

营造礼俗 旧时石阜建房，受徽派建筑影响深远，现存建于清朝或民国初年的堂楼屋，一般都是外表简朴而内部秀美，木雕精美，在紧凑实用的同时，具有很强的观赏性。在建造房屋过程中，也有一套完整的营造礼俗。如奠基、竖柱、开门、上梁、结檐等重要环节均选吉日良辰，也都有一些约定俗成的礼仪范式。

如奠基动土前必请风水先生择吉地，并用罗盘测定方位，根据屋主生辰及当地地势走向确定"分金线"和朝向，再择吉日吉时，并用纸烛祭神、鸡血挂红，工地贴"姜太公在此兴工动土百无禁忌"红纸条；造屋柱料采齐柏、梓、桐、椿以谐"百子同春"，子孙满堂；木匠做栋梁时也会默诵：墨斗拿在手，金丝挂两头，一线弹得荣华富贵，二线弹得子孙满堂，三线弹得三元及第，四线弹得四时顺当，金斧劈掉千年灾，银锯锯去万年害，玉凿凿出通天河，仙刨刨得元宝来……栋梁披红，上嵌五枚铜钱，梁上倒贴"有""好"二字，柱上贴"竖柱喜逢黄道日，上梁巧遇紫微星"等吉利对联，以"吉星高照"等吉利语作横披；上梁过程中，木匠作头师傅还要讲一套吉利话：一杯酒敬天天门开，全家福禄双全；二杯酒敬地地门开，全家幸福万代；三杯酒敬鲁班师傅全体工匠平安等。然后是抛馒头：馒头抛到东，儿孙在朝中；馒头抛到南，儿孙中状元；馒头抛到西，儿孙穿朝衣；馒头抛到北，儿孙都幸福。造屋工序中，木工最后工序是做门闩，忌讳被闩出门外；泥工则以开狗洞（俗称"将军门"）作了场。做门闩和开狗洞时主人家都要送红包，请吃圆工酒。

新屋题门额，朝东的房子一般题"紫气东来""门迎旭日""旭日东升"等，朝南的则题"南极呈祥""南极星辉""向阳门第"等，朝西的房子题"西有长庚""西霞映辉"等，一般通用的有"瑞气盈门""惟吾德馨""江山拱秀""耕读传家"等。

祝寿　按石阜习俗，不到半百的男女只称过生日，不叫做寿，从五十岁开始才叫祝寿，称初寿，六十称花甲，七十称古稀，八十称荣庆，九十以上称大寿、高寿，七十岁后以九代十，寿诞提前一年。寿越高，庆典越隆重。寿辰有按生日的，也有按村节同庆或另择吉日的。做寿一般是儿女晚辈为父母做寿，做寿时家设寿堂，亲友上门送寿礼。寿礼没有具体规定，一般都会送食品补品等，书香人家也送寿屏寿幛立轴，对德高望重者送匾额。但除这些外，长寿面和烟花爆竹为必需贺礼，因为长寿面象征健康长寿，烟花爆竹象征人丁兴旺。送礼工具以前以盘担为多数，有时用食箱；有钱人家演戏拜八仙，举行隆重的拜寿礼，事后同吃长寿面并设宴招待。父母63岁时买两条鲤鱼放生，66岁时女儿送66块肉。

丧葬　老人将逝，晚辈日夜守护。呼吸一停，立即号哭，并将遗体调头，谓送终。同时着人报丧。报丧人以倒夹雨伞为标志，亲友闻耗必哭。

守灵吊丧　土工将遗体安置堂前，设灵位，点长明灯，到村口烧纸祭天，女儿送灵座，长子题神主牌，灵前供香烛，亲人守值。吊客至，以哭相迎，亲友送素礼香烛纸锭等，书香人家送挽联挽幛。

整容入殓　入殓前长子买水，为遗体沐浴；女儿修剪指甲，媳妇梳头，头部、手脚或全身裹以丝棉，寿衣由长子穿暖，过秤后穿上。入殓时亲友执香哭送，开面后亲人依次向遗体告别，然后盖棺。

出柩行殡　择时清晨，灵柩在哭声和鞭炮声中抬至村口，行传代礼，家中用豆腐饭招待宾客，称"吃斋饭"；抬棺上山时，幡幛引路，鸣锣开道，亲友晚辈服孝送葬，男包方巾，女戴孝斗，个个腰系草绳，手拿青竹竿或香，一路哭送。如少妇送亡夫须中途返回，称半路夫妻。长子捧神主牌，穿草鞋，停柩跪接。送葬上山，向棺材抛泥后悄然回家。

入土建坟　墓地事先请风水先生择定，掘坑时先杀鸡洒血，谓开山。接着由长子先开三锄头，然后众人动手。其间挑水拌泥属女婿义务。灵柩按时辰进入墓坑，称落金井，届时晚辈下跪，土工或风水先生则念念有词并抛五谷、子孙米馃、馒头等。

接煞做七　建坟当日，家人需到坟头送火种，三天后按忌日每隔七天在家设祭，谓"做七"；"二七"前后接煞，俗称"转头"，是夜，家人将死者卧房布置如故，堂前设祭；"四七"不做；"五七"必须由女儿主持，是日先到墓上哭祭，再在家中设祭酬谢土工。丧事结束。

（本节主要资料由方庆庭提供）

方氏源流

关于方氏来源，据古书记载，有三种说法。

一种是说出自姬姓，以字为氏。西周后期宣王时有大夫方叔（姬姓，字方叔），因功受封于洛（今河南洛阳），他的子孙以他的字为氏，称方氏。史称方姓正宗。

一种是说出自方雷氏及方相氏之后裔。传说神农氏有后裔开始得雷姓，传至8代帝榆罔之子雷。黄帝伐蚩尤时，因功被封于方山，其后子孙有以地为氏姓方。又有方相氏，黄帝时嫫母之后，亦为河南方氏。

一种是说出自姬姓，为翁氏所分。西周初年，昭王的支庶子孙受封于翁山，后以邑名为氏姓"翁"。宋初有福建泉州人翁乾度，生有6子，分姓洪、江、翁、方、龚、汪6姓。其中第4子分姓方，其子孙也姓方。

以上三种说法虽然各有不同，但也有其联系。第一第二种非常接近，第三种说法也自姬姓出。

桐南石阜方姓的源头，一般采用以下说法，相对比较公允。

在明朝隆庆辛未年方梧撰写的《明隆庆石阜〈方氏宗谱〉姓氏渊源考》一文为我们理清了石阜方氏来桐庐石阜前的源流世系。

方氏出处方雷氏。方雷氏者，榆罔之子也。时，蚩尤作乱，太子雷与轩辕避仇于姬水之上。雷推位与轩辕，起兵克复。雷为左相，封方山（今河南禹州西北），后人遂以为氏。周宣王时，方叔食邑于故望于河南。至西汉末，新莽篡位，司马长史纮官居于吴，度天下必乱，即避祸去歙地东乡（即睦州清溪）因家焉。生一子雄。雄生三子：俦、储、俨。俦授关内侯，补南阳太守；俨为大都督，丹阳太守；储，字圣明，一字颐真，被太官周歆荐为孝廉，又举为贤良方正，帝召考对策，得第一，累官至太常卿兼洛阳令，封歙县侯。和帝卜郊，储以天文谏，忤上意，饮鸩而没。储能役使鬼神，乡人立庙祀之，称为仙翁。配王氏，生三子：缵之、宏之、观之。子孙分三族，布列于诸州郡。缵之后裔则分布于严婺越（今建德、绍兴、金华一带）；宏之后裔则布徽宣池秀湖常（今安徽徽州、歙县和浙江嘉兴、湖州，江苏常州一带）；观之后裔由布于蒲田九江滁县（今福建蒲田、江西九江、安徽滁县），至今繁盛。宏之后裔文亮，仕陈散常侍，配陈氏，生伦（为南昌令）；伦娶刘氏，生祚；祚娶刘氏，生秘书郎随；随娶刘氏，生中大夫伸；伸生太子中书舍人孚；孚娶陆氏，生右卫将军始兴；始兴娶何氏，生二子：尊、逢；逢考功郎中、泰州刺史，娶江氏，生浩；浩娶陆氏，生吏部员外郎苗；苗娶余氏，生三子：堂、常、褚；褚官至宣远将军；常为永阳令，娶胡氏，生二子：达、让；达娶胡氏，生三子：引文、引武、引祖；引文娶汪氏，生子道属；道属娶洪氏，生四子：聪、尊、甲、乙。聪娶洪氏，生四子：道和、道保、道兴、道安；道兴生世雄；世雄生通明；通明娶胡氏，生三子：君郝、君讲、君赞；君赞娶洪氏，生三子：公恳、公平、公郁；公郁娶郑氏，生二子：整、汉；整官至御史中丞，生一子景；景官至刑部尚书，娶林氏，生四子：宗、寀、宰、宥；宗官到浙东观定推官，累迁长史，娶陈氏，生三子：永珍、永符、永丰；永丰娶童氏，生十子：可、荣、昭、晖、浚、瓔、齐、同、庆、刚；晖娶赵氏，生肃；肃举进士，配桐之协律章八元女，生元英先生；元英先生讳干，字雄飞，由新定迁居桐庐之白云源，以诗鸣于唐，后隐越之鉴湖以终，生二子：翼、严；严生二子：甲、述；甲生景先，景先随钱氏纳贡京师不归，寓居池州青阳县九华山下，称义门方，述生三子：景珍、景珣、景陆；景陆生二子：彦超、彦安，景珍生三子：彦诚、彦晖、彦琼，景珣生三子：承俊、承邦、承威，俱居白云源，唯景陆迁居浦江县，生一子：承招；承招生三子：雯宠、雯遇、雯通；雯遇生三子：贯、资、贞；资字逢源，宋嘉祐癸卯登进士，任长沙县知县，累官至金紫光禄大夫，生子扬远；扬远亦登进士，仕至吏部侍郎；曾孙凤才，字学迈，世以特恩授蓉州文学，未几宋亡，遂与谢翱、许瑷等挚友著诗三千余篇，名存雅堂；凤才生一子名樛，字寿父，亦以诗鸣；雯宠生四子：初、从、隆、瞻；雯通生三子：应舜、应岳、应韶；应韶出赘陈氏，

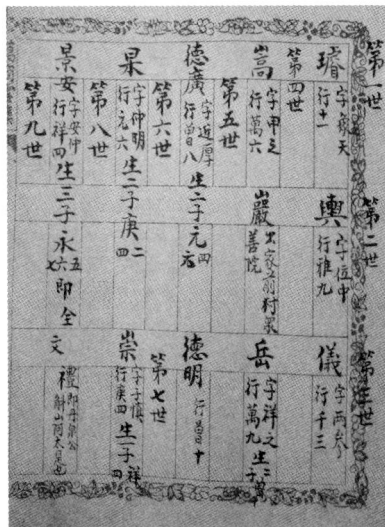

许以家生一子，名硕；硕生唐；唐娶越城余氏，生宣仪郎玖；玖娶施氏，生五子：琪、彦、臧、通、逸；琪之曾孙名翊者，因方腊之变，与彦通二支在军方者俱改外家陈姓，子孙沿袭已久，不再复方，惟臧迁居诸暨白门，世称白门方氏；逸生二子：璿、玑；璿即为桐南石阜方氏之始祖。

璿，行十一，迁桐庐石阜之始祖。方隔云源不一舍，世称石阜方氏。历今十有四世，子孙繁衍，世尚耕读，为严陵世生。呜呼，吾先祖可考者，唯西汉长史纮，生太常储，以下续三十一世，至元英（方干）先生。自元英先生而下，续十有一世，至吾石阜始迁祖璿。自璿而下，续十有四世，以至今总其世数，则自西汉之季以来共五十五世，历一千五百余年。期间支系详明，悉有端绪。淳熙初，东莱吕太史伯恭见于文辞云……

如画出一世系图，参照《浦阳仙华方氏宗谱世系图》则简要如下：

神农——10世孙榆罔——方雷氏——89世孙方叔——方雷112世孙西汉方纮——方雄——（侪）、方储、（俨）——（缵之）、方宏之、（观之）——方文亮——方伦——方祚——方随——方伸——方孚——方始兴——（尊）、方逢——方浩——方苗——（堂）、方常、（诸）——方达、（让）——方引文（引武、引祖）——方道属——方聪、（尊、甲、乙）——（道和、道保）

方道兴、（道安）——方世雄——方通明——（君郝、君讲）方
君赞——（公恳、公平）方公郁——方整、（汉）——方景——
方宗、（寀、宰、宥）——（永珍、永符）方永丰——（可、茶、
昭）方晖、（浚、璎、齐、同、庆、刚）——方肃——方干——
（翼）方严——（甲）方述——（景珍、景珣）方景陆——（彦超、
彦安）方承招——（雯宠、雯遇）方雯通——（应舜、应岳）方应
韶（出赘陈氏）——陈硕——陈唐——陈玖——（琪、彦、臧、
通）陈逸——方璿、（玑）。方璿即为桐南石阜方氏之始祖。

如单一的石阜方氏简化世系为：

炎帝——10世孙榆罔——方雷氏——89世孙方叔——23世孙
方纮——方雄——方储——方宏之——方文亮——方伦——方
祚——方随——方伸——方孚——方始兴——方逢——方浩——
方苗——方常——方达——方引文——方道属——方聪——方道
兴——方世雄——方通明——方君赞——方公郁——方整——方
景——方宗——方永丰——方晖——方肃——方干——方严——
方述——方景陆（浦阳作"景傅"）——方承招——方雯通——方
应韶（出赘陈氏）——陈硕——陈唐——陈玖——陈逸——方璿。

详细世系为：

神农——临魁——承——明——直——来——衷——节——
克戏——榆罔——方雷氏——明——玑——仓——昌——
范——神——福——善——爵——嵩——办——张——
高——箐——信——潜——禧——晓——昂——变——
庆——礼——欢——道——薨——翰——天——期——
绪——团——象——蒿——乔——岳——岩——融——
兆——皇——陶——焕——黎——霜——鹤——俊——

回——显——千——期——相——越——丹——沙——

瑾——轸——翔——云——朗——崇——康——术——

昙——灼——听——察——岂——罗——调——运——

玩——结——尚——履——刘——毅——成——威——

统——浑——璋——睿——誉——梵——伦——琛——

论——景——阳——溢——段——礼——腾——佐——

叔——察——褚——固——元——杰——翱——数——

翔——辽——瑶——韵——瑠——锁——沐——琼——

赏——约——灵——恪——瓒——伟——望——纮——

方雄——方储——方宏之——方文亮——方伦——方祚——

方随——方伸——方孚——方始兴——方逢——方浩——

方苗——方常——方达——方引文——方道属——方聪——

方道兴——方世雄——方通明——方君赞——方公郁——

方整——方景——方宗——方永丰——方晖——方肃——

方干——方严——方述——方景陆（浦阳作"景傅"）——

方承招——方雯通——方应韶（出赘陈氏）——陈硕——

陈唐——陈玖——陈逸——方璿。

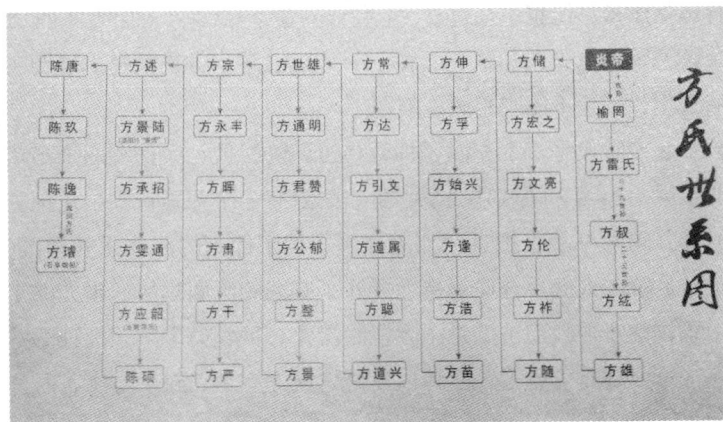

方氏郡望

郡望即地望、郡姓。"郡望"一词，是"郡"与"望"的合称。"郡"是行政区划，"望"是名门望族，"郡望"连用，即表示某一地域范围内的名门大族。地望，即姓氏古籍中常用的"郡望"，指魏晋南北朝至隋唐时每郡显贵的家族，意思是世居某郡为当地所仰望，并以此而别于其他的同姓族人。秦代与西汉时期还没有郡望之说，唐代始著郡望，有"五姓七族"的说法。

大家都知道，桐南石阜方氏的郡望是河南郡，早些时候村中殷实人家的大件木器，如稻桶、风车、水车等上面也会有"河南郡"字样。那么为什么郡望会是河南呢？仅仅因为河南是中原地区，古时候那边发展较早开发较快所以向外迁移吗？其实这样理解虽然没错，但也不全对。

关于石阜方氏的源流，在上一节中已基本讲述清楚，但要讲清郡望，还是不能回避源流问题。

远古时代是一个充满了神奇与传说的时代，大约在四千多年前，原始部落之间兼并战争不断。南方有一个部落首领蚩尤掠夺成性，勇猛好战，把炎帝部落赶到了黄帝控制的河北涿鹿地区。于是炎黄二人携手合作对蚩尤展开了有名的涿鹿之战。蚩尤败走山东，黄帝乘胜追击擒杀了凶悍的蚩尤。神农炎帝十一世孙即八代帝榆罔的儿子名雷，因辅佐黄帝伐蚩尤有功，封于方山，号称

"方雷氏"。方雷的子孙就以此为姓，分为方姓和雷姓。如上一节所说，这就是方姓的由来，至今有4000多年的悠久历史。

方山在哪里呢？就在现在的河南省禹州市。

那么雷封于方山称方雷氏距今有多少时间了呢？如果要有一个较确切的数字，那么按照一般统计方法，自黄帝有史以来按天干地支、每朝每代所经历的年数、代数，其中轩辕、少昊、颛顼、高辛四氏为一代共三百三十二年；尧、舜、夏共四百五十八年有十八世；商共六百四十七年有二十八世；西周三百五十二年有十二世；东周五百四十九年有二十五世；秦十五年传二世；西汉二百三十二年传十三世；东汉一百九十六年有十三世……自轩辕起至农历戊戌（2018年）共计四千六百一十八年。这个时间与我们平常所说的"五千年的文化"只相差四百来年。

后来，方雷氏的后裔到了山东与东夷人融合，成立了强大的方国，又叫"方夷"。方国后来又降服于周朝。古本《竹书纪年》对此有所记载"后芬即位三年，九夷来御"。"九夷"中就包括"方夷"。

传说到了距今二千多年前的西周宣王时，方雷的子孙中有一位叫方叔的将军，智勇过人，是周宣王手下最得力的大臣。他曾奉命南征，平定过荆蛮的叛乱，为周室的复兴立下了大功。因此后世各地的方姓宗谱，都采用了"周大夫方叔之后"之说。方叔的后代以氏为姓，主要在河南生息繁衍。

秦汉以来，方氏家族南迁。西汉末年，汝南尹方纮为避王莽之乱，迁移到安徽歙县东乡安家。其后繁衍于严、婺、越、九江、滁阳、莆田、徽、宣、池、秀、湖、常各地。

此后，方氏不仅在中原发展繁衍，而且多次南迁，相当广泛地分布于江南各省。其后裔的各分迁地中，桐庐白云源为其中的重要分支。据祁门方氏宗谱记载，自方雷后五十九世祖智咏公从严州桐庐白云源迁祁门赤桥始，至八十余世，先后迁往各地有：祁门十六处、歙县十七处、休宁八处、婺源七处、黟县两处、绩溪一处、浮梁二十四处、鄱阳十三处、乐平四处、德兴二处、铅山二处、贵溪二处、彭泽一处、建德四处、铜陵一处、东流一处、贵池四处、青阳二处、石埭五处、弋阳一处、太平一处、扬州一处、如皋一处、淳安两处、桐庐八处。可见，方姓从桐庐白云源迁往外地后，其后裔又迁回桐庐各地的也不少。其中就包括石阜方氏。

所以，河南郡方氏自方雷随轩辕起兵河南，并因功封于河南方山，为天下方氏一世始祖；传至六十四世方叔公始，又为河南一世祖，并明确著望河南。故方姓郡望为"河南郡"。

石阜十二景

古时候，我县各村特别是大姓，都传诵、记载有很多"八景诗""十景诗"等。这些村景诗，一方面表现了人们歌颂家乡山水的壮丽，描绘家乡景色的优美，抒发热爱家乡的思想感情；另一方面也反映了古代文人墨客寄情山水的闲情逸致，以及高超的诗词技艺和深厚的文学修养。随着时间的流逝和时代的变迁，村落中有些景致依然存在，有的则已消失，但同时也产生了一些新的景点。我们从古人的字里行间感受那些优美风景的同时，也有义务创作新的村景诗，来歌颂新时代的美丽。

基于此，我们按照"春夏秋冬渔樵耕读风花雪月"为序，选定石阜村中景致十二处，并每一处景配一首诗，共十二首，分别为：方畈秧歌、古澳鸣琴、斛山飞云、阜成晚钟、大源分流、农闲樵歌、先祖耕阜、路亭遗韵、时节风尚、仰卧松菊、眠犬弄雪、隆阜月影，从多个维度来赞美石阜的历史人文及自然风景。

方畈秧歌

耕阜石阜，以农耕为业，尤以种田插秧为主要农事。每当春五月，村姑们穿花衣戴斗笠挑秧担谈笑着，寂静的田野充满了生机和活力，丰收的希望在纵横交错的田埂上孕育，喜悦在田间荡漾。诗曰：

细雨霏霏五月天，村姑斗笠俏庄田。

丰收愿景肩头绿，阡陌弦歌大有年。

古澳鸣琴

村庄东侧大澳，宽四五尺，深约三尺许，水质清澈，常年恒温 17 度，为旧时石阜村庄与农田的分界线。平日为村民主要洗涤水源，出村后进入下畈灌溉系统。其水流潺湲，叮咚成韵，殊为动听。诗曰：

漱玉寒泉鸣古韵，抚琴古澳嗬声新。

红衣翠袖时相照，凉夏温冬四季春。

斛山飞云

斛山为方氏祖先方思义礼公茔葬处，山形如斛故名，为天子岗余脉。其山石为花岗岩，石色褚红，石质较轻，与近处周边岩石相异。因一峰突兀，附近无有比肩，时有云卷云舒，为邑内胜景。诗曰：

鹤峰余脉到君山，突兀高天亦可攀。

遥忆当年无限事，风云历代自悠闲。

阜成禅钟

阜成庙也叫甘泉明王庙，是石阜村的土谷庙，主要是保佑村民平安与丰收。又具方氏家庙性质，同时供关公、文昌公、财神等，功能较多。均寄寓乡民美好的心愿。冬闲时节，祭神禅钟悠扬。诗曰：

清宵法鼓丰民梦，阜庙禅钟济世篇。
又共诗心冬夜月，清辉洒落照君眠。

大源分流

大源溪即甘溪，源起南方龙门山脉，北入富春江，为本村最主要水源。明朝前大源溪还流经现石阜村址，改道后也曾多次决堤为患。经村民大力改造和历代治理，终于享其水利而不受其害矣。诗曰：

北望大源千里浪，南观龙脉一屏山。
青葱岫色藤鸦老，浩渺渔舟晚唱还。

农闲樵唱

因附近无大山，石阜村民用柴需到十几里外深山樵采。每当农闲时节，便于清晨结伴前往，暮色中荷担而返，竟成大观。樵采虽然辛苦，但村民以苦为乐，颇为乐观。缕缕炊烟便为最大慰藉。诗曰：

野径幽深莫自哀，晨昏树影扫苍苔。
开门七事柴为首，不待炊烟细细猜。

先祖耕阜

石阜方氏自九世祖方礼始，迁村到现址。但当时此处尚为甘溪分支，是荒滩一片。方氏族人刈草垦荒、堆石成阜，又规划沟渠灌溉，挖掘井塘抗旱，终成良田千顷，物阜民丰。石堆遗迹犹存。诗曰：

峰岭险峻独崔嵬，皆是垦田石阜堆。
谁道荒田难觅句？方公豪气共春醅。

路亭遗韵

路亭既承载着游子对故乡的眷恋，也传承着学子对家族的情怀。石阜双庆亭为学成孝敬父母的象征，至今保存完好。当历史的烟尘逐渐落定，路亭以独特的方式保存着那份韵味，历久而弥新。诗曰：

双庆清风学子铭，一山明月耀门庭。
诗书术算云烟过，最忆江南是路亭。

时节风尚

江南时节是本地的特色风俗，起始年代已无考，但每年自八月初一石阜始，至十一月二十横山埠止，江南片各村开始轮流过节。是日，高朋胜友满座，村中往往演戏待客，各地物资云集贸易。诗曰：

淳厚乡风旧梦遥，仲秋八月暮云飘。
酒旗阵里由人醉，集市笙歌贯碧霄。

仰卧松菊

仰卧山在现石阜村东，双义自然村西，山势平缓，山形如人仰卧状，故名。为石阜始祖从浦江迁居此地时所居祖地。此处曾遍植松菊，松高数丈，菊香满山，风过涛起，颇似化境，至今仍存。诗曰：

仰卧山间旧日家，婆娑树影散烟霞。
倚松静听登云语，品茗闲观沐日花。

眠犬弄雪

眠犬山俗称狗头山，形似犬卧，故名。为石阜座山，村人甚为看重。每当雪被初盖，眠犬匍匐，静如处子；或微风起处，雪花飞舞，又如腾跃弄雪，引人遐思。山腰有祖茔，且留下动人故事。诗曰：

昨夜冰蟾送柳棉，推窗已见犬山眠。
青松翠柏寒梅影，更有欢童乐眼前。

隆阜月影

隆阜山是一座人造假山，长二百余米，高近二米，上植常绿冬青与柏树等。是为了连接赵龙山和沈家山以堵住村庄北向山口，以形成村之关锁，保证村民的财气聚集不外泻。至今树木茂盛。诗曰：

星缀龙山夜色清，回眸往日寂无声。
如今万事皆安逸，相与修篁弄月明。

第二辑

历史遗存

　　九百年的历史，四千人的村落。从选址布局，到整村迁移；透过物质遗存，品读耕阜石阜的前世今生。且听我们娓娓道来，细数家珍。

选址布局

　　石阜村景从宏观上看，南为龙门山脉，北为富春江，地势由
南向北舒缓倾斜，西有大源溪纵贯南北，四周皆有平缓低丘。这
些现存的地形特点，蕴含了怎样的选址设想及布局意图呢？我们
不妨按照选址常用的觅龙、观水、察砂、点穴等多重考虑，以及
布局所用的各种要求，来反观印证村中的周围自然环境的选址和
村中公共设施的布局。

　　选址先理山觅龙。按四神镇四方之说，村前案山前低后高，
层迭秀美；村右虎山伏踞，村左龙山雄奇，主体化为村后祖山端
圆方正，脉络深远。石阜村东有仰卧山、大龙山、金堂山，南有

岩山、赤山，形成狮虎把门；西有眠犬山为一村靠山，北有赵龙山和沈家山。可以说是远近四周皆山，使村落处于群峦环抱、藏风纳气的理想位置。

"山有靠，水要抱。"即村前要有水流环绕，且注重水源和水质。水源需充足而无洪涝之虞，水质需清澈以足饮用之便。石阜村因原本村址就是大源溪古河道，有丰富的地下水资源。所以引溪水入村，形成金堂澳于村东远处，主要用于灌溉；大澳流于村东边界，主要满足生活洗涤；以上两条主要是考虑生产生活方便的功能。第三条甘溪流于村西，排除南来山洪，这就符合防御的安全功能。三条纵向的"川"字形水系，在四周低丘间形成一个较为宽阔的冲积小平原，能满足一定量村民的生产生活，实现选址的容纳功能。水流曲折和缓，不仅有灌溉洗涤之便利和防御水患之功能，也诉诸人们以潺潺水声，给村落以生机与灵动之感。

察砂是指观察当地气候变化，防止风沙雨雪冰雹等灾害性天气，在适当位置加以有效防御。石阜村不仅在南边多次修筑保禾坝以阻山洪溢出大源溪对村子形成危害，同时也对本村北部下砂水口进行改造。首先是在近村处以筑田之石堆叠长埂，联结眠犬山和大龙山，形成第一道村北屏障；再于沈家山与赵龙山之间的缺口处筑隆阜山，以堵北来之寒风。在长埂与隆阜山上均植常绿树木，并以严格的村规加以保护。在长埂中段，建甘泉明王庙形成一村水口。水口是村落的重要组成部分。水本主财，水口者，一方众水总出处，因此水出处不可散漫无关锁。为了留住财气和富气，保佑全村兴旺，总会人为地在水口增设关锁。因此石阜村的阜成庙，在村中具有非同一般的意义。

点穴即朝向，要求"向在吉"。古书有言，东方生风、南方生热，西方生砂、北方生寒、中间生湿。东南方属阳而西北方属阴，因此多朝东南而靠西北，是谓负阴抱阳。石阜村为避北方空虚之敝而坐西朝东，就是遵循负阴抱阳的理念而定基。靠山可屏挡冬日寒流，面水可迎夏日凉风，形成宜人的小气候。

这样，山水之间，形成一个相对完整的独立区域，山之龙腾之势和水之清静之幽，共同形成审美功能。所有这些，都遵循严格的堪舆学原理所要求的选址要素，符合古代风水理念。

从村落形成机理，即村中公共设施和民居的布局而言，是凭借着强烈的宗族观念，聚族而居，形成尊祖敬宗、崇尚孝道的社会风尚。业儒入仕、光宗耀祖是古时中国人的终极目标。在宗法

观念和宗族组织的支配下，个人的升迁荣辱同宗族紧密相连。提高宗族的社会地位，有利于实现自身的理想和价值；自身的成功则可光宗耀祖，提高本宗本族的社会地位。因此同姓同宗很容易形成大村落。可以说，我们江南大村都是在这样的背景下形成的，石阜村自然也不例外。

也就是说，一方面强调顺应自然、因山就势、保土理水、培植养气、珍惜土地等原则，保护自然生态格局与活力，组织自由开放的环境空间；另一方面又以经济文化基础、人的行为和心理特征等，按功能分区、土地使用划分、宅地与耕地、道路与水系、空间尺度与组合等的有机关系，进行多层面的创造，构建不同形态的村景环境。

石阜村随着人口增多，村落扩大，人多地少的矛盾日益突出，于是开始有人由本地走向外界经商。入清以后，石阜以贾代耕者越来越多，村中造纸业的繁荣及窄溪埠的建造等，都可明显看出当年商业的兴盛。当越来越多的人积累了一定财富后，因封建社会抑商政策等影响，采取"以末取财，以本守之"的方针，将大量商业利润转化为地主资本，大多数人回村买田置业，建造楼房，随后村中巨宅便如雨后春笋般矗立起来。由于这些富户在发展过程中多方得益于宗族势力的鼎力支持，为了回报，更为了自身终极目标的实现，对强化宗族势力给予了极大的关注。于是又开始兴建祠堂、牌坊、修谱牒等，宣扬宗法观念；同时购置土地作为族中公产，其田租收入用来泽惠乡里。

这些公益事业的兴办，不仅形成了村民的精神归依，也是一种地理标志。如阜成庙，居村北长埭中心，是长埭与大澳交叉点；方氏宗祠则处于其稍上源，并以此为起点，组织有序的空间结构，塑造庄严肃穆的空间氛围，表达敬祖尊先，长幼有序等"礼乐文化"的精神。村东为大澳，澳东为田，澳西为宅，形成宅与田的分界线。以路、桥、树、牌坊、亭子延伸空间，以祠堂、庙宇等公共建筑形成村内的开放空间，以街、巷收敛和转折空间引向宅群，共同形成村落。

结合村址选择的传说及相关理念，石阜村图为"浮篰形"，以村北大樟树为篙，以村中小弄为缆，且弄堂石子路均不铺到尽头，为的是不被缆绳系住……这样通过赋予自然环境和村落以一定的人文意义，从而获得良好的居住心理暗示和需求，达到使村落与自然环境成为有机整体的目的。

因此，石阜村的选址和布局，充满了古人的智慧，传承着古老的宗族和村落文化。

仰卧遗址

　　石阜村是个有建村 800 多年历史的古村，是个有近 4000 人的大村，且大部分村民姓方。但石阜方氏始祖璿公于公元 1173 年入迁当地，居住在现石阜村东的仰卧山，称"仰卧方氏"，而并非现在的村址。现在的村址是斛山阿太方礼（1348—1433）于元末明初率族迁居过来的，并流传下来一些传说故事。虽说传说未必真实，仰卧山也不再有古村的痕迹，但作为当地方氏的发祥地，仰卧山遗址和堆石成阜的往事，还是挺让人向往的。

　　带着好奇和追寻的心理，在石阜村书记方明亮的带领下，我们踏上了那片除本地村民外再少人问津的仰卧山原村址。

　　仰卧山位于石阜村东双义村西，是一带低缓山丘。在江南公路通车之前，石阜作为当年的阜义乡政府驻地，可算是附近区域的政治、经济中心，自然也是交通中心，梧村、板桥等原凤鸣片各村的货物采购一般都会在深澳、横山埠和石阜三个商业点之间选择。特别是梧村，是个有一千多人的中等村，到石阜只有3里路程，而到另两处都要7里，所以往往会选择路途稍近的石阜。即使是江南公路通车以后，如果去窄溪，也常常会选择从石阜走江南公路，因为那样路大易行，如遇雨雪天气时的优势尤其明显，凑巧的时候还可搭便车。而到石阜去的小路虽然崎岖，却方便近捷。于是，经仰卧山的小道，便成了梧村双义到石阜的首选之路。

　　记忆中的仰卧山，因多杂乱的坟墓和高大的松树而在人们心头留下荒凉和阴森之感，这种感觉在独自一人行走时特别明显。殊不料这里还曾经是一个村落。因为以前山的西边是大源溪古道，当时定是一片溪滩，大多数时候是溪石遍野，零星地有几蓬芦苇点缀其间，偶尔则是大水漫漫，所以人们只能在地势稍高的仰卧山安家。后来之所以能迁村到现址，一者自然需引领者的眼光，同时也有环境改变、河道迁移等多种因素。反正这里坐东朝西，当年应是靠山面水，即使以现在的眼光来看仰卧山地势，也仍不失为一处好地方。

　　仰卧山是一条南北向纵贯的低山丘，土质以黄红壤为主，发育度低，掺杂未发育的软性石质，肥力低，只有经过长期增加有机肥改造才能成为高产的种植土。在20世纪六七十年代，大炼钢铁时砍伐了山上的好多松树，又经大面积开垦，这一带缓山坡都成了种杂粮的旱地。据说当时在一个小山垄里就开垦到不少的瓦砾。即使现在，泥土中也很容易看到小片陶瓷。这可距方礼所处的明初已有 600 年的时间跨度了。并且这时期是江南发展较快的时期，社会变迁相当大，即使能保留遗址也不是件容易的事。

所以我们只能通过繁盛金黄的油菜花想象当年这里的屋宇参差鳞次栉比的景象。虽然现在已再难觅昔日繁华，但从这里走出去的石阜方氏后人，用今日的兴旺发达，注释了仰卧山这一石阜方氏的发源地所具有的无穷爆发力和生命力。

我们进一步想象，方礼带着全村人民结庐滩上，日夜劳作，搬石筑堤、垒石成埂、堆石成阜，一片片溪滩，成了一丘丘沙地和一堆堆石堆，人们在此改造、耕种并收获。随着耕地面积的扩大，区域内土地承载人口能力不断增强，石阜方氏得到了空前发展。

所以，仰卧山对于石阜来说，已不再是普通的一个小山丘，而是具有特别的含义，它是祖地，是福地，是发祥地。现任村委也看中了这一方热土，把这里规划成农业观光园的组成部分，种植下了黑布林优良品种，一年成活，二年挂果，第三年就有经济效益，以后的农业旅游效益更是让人期待。

仰卧山又焕发出了新的活力。

斛山祖茔

　　按《桐庐石阜孝友堂方氏本文公家谱》记载，九世祖永七公，祥四公三子，讳礼，字思仪，初号耕阜，别号丹泉。生于元顺帝至正八年（1348）二月二十三日，卒于明宣宗八年（1433）三月二十一日，年寿八十六岁。墓葬斛山之阳仙人大座形脐上，穴坐南朝北。

　　石阜方氏始祖应是璿公，行十一，字象天，为芦茨白云源方干公十二世孙方逸公长子。璿公自公元1173年迁到石阜仰卧山居住，成为桐南方氏始祖，卒葬凤凰形之阳。但因为原谱惜无遗存，阳宅、山图均无可考。而斛山阿

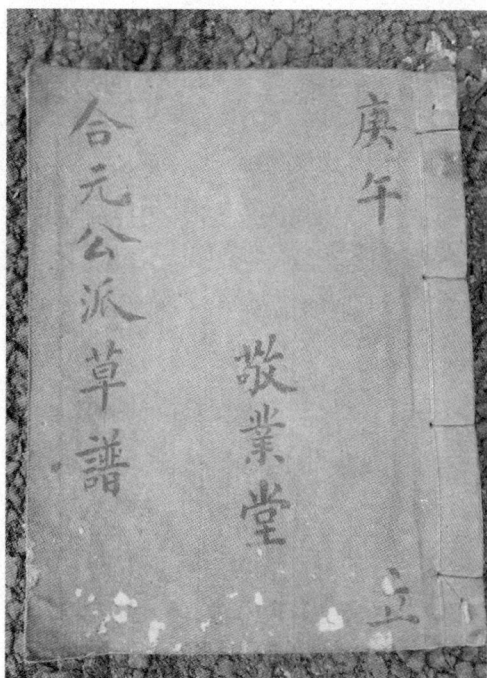

太方礼的耕阜故事及各类传说虽经五百余年而一直在人们生活中流传不息，其墓葬之地斛山更是方氏后人清明祭祀的祖茔之地，在方氏族人合族价值及精神世界中有着举足轻重的作用和至高无上的地位……或因其迁村耕阜之功至伟无比？或因其子其孙九房成族血缘更近更嫡？不管出于何种原因，斛山在石阜方氏族人心目中的地位是无可替代的。

斛山，形状像斛一样的山。明嘉靖《桐庐县志》就说："斛山在县东南二十五里，脉自乌石山来，平地突起，高可二百余丈，石壁嶙峋，有似斛然，因名之。"查找"斛"字的字义："旧容器，方形，口小，底大，容量本为十斗，后来改为五斗。"看来这样理解是最直接的，也确实有好多山都因为其形状而得名。不过我倒更愿意理解成"作用像斛一样的山"，或者说自明代方礼后，这斛山就多了这样一种理解，这样似乎更有意义。不是吗？或许先前是因为其孤峰一座，三面为平地，只在南边为缓坡的形状与"口小，底大"的斛相近，因而得名。后来因为方礼的墓葬而赋予了更丰富的内涵：是方礼带领方家从仰卧山迁居到现"下石阜"，并经过积石成阜，开垦荒滩成千亩良田，通过勤劳终于物阜民丰，是他给方氏族人带来了丰衣足食的幸福生活，他的精神不就象征着粮仓、粮食的容器吗？他的安息之地也一定会如生前的他一样指引村民们不断开拓创新走向丰收和幸福。所以"斛山"在石阜人心目中就是丰收的山，富足的山。

其实石阜方氏祖先安息地，还多有保存。如四四公墓地，在现茶叶厂旧址；璿公墓，在仰卧山；玉一玉二玉三公墓，分别在井山、前山和唐家坞村口，后来井山造学校时，玉一公墓迁到四四公墓附近，其七世孙所立碑也保存完好。在一次村中走访过程中，无意间又发现了石阜六世祖讳棠行元六公及其妻申屠氏的墓碑。虽然现在原墓地已无考，估计是在大规模改田或其他建设过

程中被夷为平地，但碑石还是由村民完好保
存了下来。其年份按保守计算，也在 600 年
以上，其用料之巨、雕刻之精，也为后世民
间碑所难以比拟，足见当时家世殷实。

井澳流韵

　　行走在石阜村中，除了那随处可见的斑驳石墙所形成的幽深弄堂外，最让人难以释怀的，当属于那绕行于脚下的曲曲水澳及弄边屋后的一眼眼水井了。

　　村中井泉，作为村落水系的重要组成部分，与人们生活息息相关。如村南双井、九房井、新井等，虽在村外，却是从大源溪到村中的地下水道出水口，不仅灌溉附近农田，更为村中提供了丰富的地下水源。村西南的大龙头、小龙头等井潭，近年来虽已淤塞或填平改田，但地下径流仍不断。村中二十多口各类水井，则似一汪汪龙眼，为人们生活提供便利。村中水澳，主要有两条，一条是从原石阜镇政府现石阜村委开始进入石阜村的大澳，基本为明澳形式穿村而过，水常年流动，水质清澈。澳边有一个个水埠，供村民洗涤使用。另有一脉水澳则自西南而入，因改田造地建房而大段覆盖，一直到村东北祠堂边又突然冒头，水质好、水量大，称石蟆清泉，为附近居民最喜爱的泉水之一。就这样，村中的井和澳，点线结合，互相补充，共同组成村中水系，在人们生产生活中发挥着不可缺少的作用。村中水澳因在"灌溉水源"一节中已有提及，在此不作详述。

有道是，饮水思源，吃水不忘挖井人。因此只要看到水井，就不由得让人感念井对于人类的重大贡献。

水是生命之源，远古先民傍水而居。人类最早对水资源的开发利用方式是直接取用江河湖泽中的地表水，所以干旱年份就会出现用水困难，严重时还要逐水迁徙。这种现象，直到发明了平地凿凹打井以开发地下水资源来满足自身生存与发展的需要，才得以缓解。所以，井的发明，在人类定居史上有着里程碑的意义。自从有了水井，人们定居的地方不再局限在江河湖边的台地，可以在远离江河的地方定居生活，能够更有效地躲避洪水的侵害，有了更大的生存与发展空间。

古代农耕社会，人们虽然主要是靠天吃饭，但引江河和井泉之水灌溉，同样是滋养农业文明的重要因子。所以井的灌溉功能虽不能与江河相提并论，但其作用也不可低估。石阜就有相当一部分农田靠井水灌溉。

井不但是农村人生产生活的重要保障，也是城市生存与发展的重要基础设施。在我国古代文献中，经常出现"市井"的字样。水井召唤着人们去晨汲，商贩也到井边人多的地方去卖货。于是，乡间集市、城中肆市，商贩和购物者云集，市场得以形成。可见市场乃至城市的形成与发展，井在其中发挥的作用也不可忽视。

当然，井的作用远不止这些。用井水代替河水作为饮用水，井水比河水更为清洁，这对人类的健康长寿和身体素质的提高是大有好处的。井还有消防的功用。古代防患火灾的主要材料首推为水，而井在消防中是重要的水源之一。井水还有止渴消暑乃至清心的作用，尤其是燥热的夏季，喝上一碗甘甜清冽的井水，会给人带来沁人肺腑的清凉和畅快。宋代诗人范成大有诗云："黄尘行客汗如浆，少住侬家漱井香。借与门前磐石坐，柳阴亭午正风凉。"道出了井水清凉，夏日饮之胜琼浆的真切感受。其余如茶文化和酒文化的形成、繁荣与发展，自然都离不开优质的井泉水。

其实，"凿井而饮，耕田而食"一直是古人孜孜以求的。"耕田"和"凿井"都是古人繁衍生息极为重要的方面。作为上古时代的一种土地制度，"井田"就是以方圆九百亩为一里，划分为九区，形如"井"字而得名……

我们可以想见，当年方氏从仰卧山下来，何尝不是"逐水而居"？从今天的发展现状来看，正是源源不断的井泉澳流，养育了村人在此繁衍生息并发展发达。

据统计，石阜目前还保存有箍井 15 处，池塘井 10 处，大多数仍在使用。这些井的水源均为地下水，可直接作饮用水，且水温常年保持在 17 摄氏度左右。池塘井一般面积较大深度较浅，四周有石垒井壁，为开放式敞口，其中一边还有外流式缺口，人们可以直接用手接触水面，大多用来日常洗涤，只在井水源头处进行简单分隔，用于取用饮用水。箍井则较深，水面离地面较低，一圈以卵石垒叠，上端有井圈，需用吊桶汲水。调查中发现，四房区域的井都有高出地面四五十厘米的井圈，用整石打造，以保护水质不受污染，同时也可以防止行人不小心坠入。其他区域的水井井圈则是平铺于井口。这些井大多位于弄堂边或拐角处，为集体公用，只有个别位于私家小院中，如村中最古老的明代建筑院门背后就有一眼井，一般外人即使进到了院内也未必能发现。

自从安装了自来水后，饮用水都直接接入了厨房，不再汲用井水。但日常洗涤，村民们还是习惯到井边澳埠，一边搓洗，一边拉着家常，总感觉在水澳或池塘里洗东西才干净，似乎也只有那样，洗刷生活才是一种乐趣，家中盆里洗刷总是不够畅快。于是井台也成了人们交流情感和互通信息的重要场所。

或许是因为井处于地下属水，所以属阴，或许是因为水井与妇女生活更为密切，所以女人与井结下了不解之缘。唐诗中就有以水井对应女人的内容。如陆龟蒙《野井》："朱阁前头露井多，碧梧桐下美人过。"曹邺《金井怨》："西风吹急景，美人照金井。"水井与美人相提并论，浸透着阴柔的色调。然而如果说心如"古井"，那就主要用作形容一些女人的宁静心态了。如清代时村中方极元的妻子李氏，年方二十即守寡，抚养遗腹子，守节十余年卒，获"古井盟心"匾额，说的就是心如古井般宁静而不受外界诱惑，成为闺中气节的榜样。

时至今日，每每看到水井，总忍不住要探头张望，看看水中自己的倒影，井圈就如是像框，衬托出一张笑脸。这时，不仅是脸颊为井中凉气所抚慰，更是感觉心灵也得到了某种洗礼，于是便也如井水般纯澈平静下来，感恩生活的馈赠，感恩生命的滋润。

弄堂幽深

　　每当我们在惊叹古建筑的恢弘大气和雕刻的雄浑精美时，每当我们在感慨古人的智慧和悲欢时，除了关注那一幢幢建筑外，也一定不会忽略了穿行于古村之中的卵石小路，那连接建筑与建筑的弄堂小巷。当古朴的弄堂里参差的马头墙下窗台上卧着慵懒的花猫或探出一丛金黄的菊花；或恰逢阳光把行人的身影投射在斑驳的老墙上，形成一幅颇有年代感的老照片的时候；又或者是春雨如酥，弄堂的屋檐水敲打石板路，对面走来一个穿素衣打红伞的姑娘的时候……你定然会忍不住一次次按下快门，并对这样的弄堂心驰神往的。

　　石阜的弄堂，就经常给人以这样的惊喜。

　　且不说 20 世纪八九十年代因建筑用地紧张而形成的逼仄小弄，也不说密布村中蛛网式的无数不知名弄堂，单说村中最负盛名的七房弄，就有数不清的故事，让人侧耳聆听，让人流连忘返。

七房弄是石阜古村中最长最主要的弄堂，因处于七房区域而得名。七房弄宽约三米，全长近百米，中间因有两个九十度转折，所以一眼看不到头，更增加了它的幽深感。

村中方姓有九个房头，分不同区域居住，经长时期的发展，各房形成了不同的特色。如大房已没有了相关信息，四房外迁最多且在外地发展很好，而七房是村中人口最多、居住范围最广的，所以七房弄便成了村中最重要的弄堂了。以前嫁娶的花轿和过世后的灵柩都要到七房弄里行走，并形成了约定俗成的仪式，似乎不走这个程序，村人便不能大范围知晓，而有过这个过程却仍然不知道，那就只能说是自己信息不灵孤陋寡闻了。

在弄堂中段转折处，细心的人会发现，凸出的墙角都有约二十厘米的让步，到约三米高度时又恢复直角。问过当地人，才知道这是很有道理的。这是因为弄堂本身就窄，转折角度是九十度，因此搬运大件器具时转弯颇为费力，特别是寿材，在此处会形成阻碍，凸角各让二十厘米，就多出四十厘米的空间来，又没有缩小住房的实际面积。即使这样，在实际操作过程中还需有人员的换肩才能顺利通过。因此这个"让步"，不仅体现了村民的公益心和牺牲精神，也彰显了生活的智慧。

当然，还有人可能对转角凹处的那扇大门发生兴趣，因为其一侧门立壁也有个"让步"，使门与墙壁很不协调。当地老者又会告诉你，这是出于大门风水的考虑。因为大门不能直对大屋墙角，不然就犯冲，不利主人。通过一定角度的扭动而转换角度，就能成功"换向"，使大门正对墙壁而非墙角，就能缓解甚至消除这种"冲克"，转危为安。这种说法虽说有点神秘学色彩，但对主人的心理暗示方面还是有一定道理的。

细考弄堂的含意，"弄堂"古时写作"弄唐"。"唐"在古代汉语中有多种含义，而"弄唐"之"唐"是"古代朝堂前或宗庙门内的大路"的意思。后来这层意义渐渐被历史冲淡。至近现代，被另一个在建筑学上有意思的汉字"堂"所替代。"堂"原来是对房间的称谓，与大路、小巷并没有什么关系，但在近现代汉语中，它与建筑学的联系比"唐"要紧密得多，而且又与"唐"谐音，这样"弄唐"就演化成了"弄堂"。所以"弄堂"是指在同一个小区域内连排的建筑物与建筑物之间形成的小通道，意思偏向于"弄"而淡化了"堂"。

然对于我们这些从小就在古村落里生活的人，弄堂给我们更多的还是一些美好的回忆。

相对于逼仄压抑的室内空间，弄堂虽然狭窄却通畅，冬天的向阳日头，夏日的弄堂清风，就是最好的自然空调。无论是早晨还是傍晚，只要天气允许，家家户户都是搬条凳子捧着饭碗在弄堂里吃饭，边吃边聊一天的生产和见闻，闲时则说说故事玩游戏。男孩子们玩的大多是甩香烟盒子、打弹子、滚铁环等，女孩子们则跳房子、踢毽子、跳橡皮筋等。邻里关系就在这样的日常生活中融洽着。

弄堂生活中除了吃饭、洗衣、休闲娱乐等多方面的内容以外，还有一个重要的方面是交易买卖。弄堂不仅是一块栖息生存的独特天地，而且也是一个买卖物品、了解市面的主要场所。许多小商品的买卖活动，都在弄堂中进行，并充满市井风情。那"咯叮—叮—咯，咯叮—叮—咯，鸡毛换糖喽——""木莲豆腐哦，三分钱一碗哦……"的吆喝声，为平淡的农村自然经济注入了商业的色彩，于是孩子们纷纷拿出平时捡拾积攒的鸡毛、骨头、塑料、破拖鞋等，去换白白甜甜的麦芽糖，眼睛盯着生意人用那响器铁片敲下一小块来，迅速接过来放进嘴巴，含着等它慢慢化开来，让那甘甜的幸福慢慢溶化并融于全身。没有东西来交换的，只能眼巴巴地看着，然后咂巴着嘴咽口水了。大多数时候，则是大人用来换针线、纽扣、辫绳、发卡什么的，再讨着添要一点糖沫来满足一下孩子的渴望。至于木莲粉和棒冰，那是稍后些时候的事了。那种生意人的招徕声、孩子们的嬉闹声、讨价还价声……便共同构成了弄堂交响曲。萦绕于狭窄而幽长的弄堂，也一直萦绕于我们孩提的记忆，挥之不去。

就这样，幽深的弄堂就像是一把古老的梳子，以村东大澳为纲，每一条弄堂都是一根梳齿，密匝而有序地梳理着村民的日常生活。弄堂不仅连接着一幢幢老屋，更连接着一个个故事和一段段历史。走进弄堂，就如走进了乡村历史博物馆。曾经的种种，都在这里再现：浓浓的乡音，在这里愉悦着怀旧的神经；淡淡的乡愁，在这里发酵成思乡的美酒；浅浅的记忆，便在这里浓墨重彩地登场了。

贞荣四坊

牌坊是中国特有的一
种纪念性建筑，被视为中
华传统文化的象征性标志
之一。明清时期各地不遗
余力地立牌坊传世显荣，
于是牌坊成为古村落重要
的景观建筑。

牌坊的纪念性，使每
一座牌坊都有着深刻的文
化内涵和特定的功能。按
当年的相关规定或习惯，
从牌坊建造意图来说，大
致可分为四类：一是功德
牌坊，为某人记功记德；二是贞洁道德牌坊，多表彰节妇烈女或
孝子贤孙；三是标志科举成就的，多为家族牌坊，为光宗耀祖之
用；四类为标志坊，多立于村镇入口与街上，作为空间段落的分
隔之用。也有人把牌坊按功能分为标志坊、官禄坊、科举坊、尚
义坊、节烈坊和百岁坊等。

为了宣扬，牌坊不仅力求高大雄伟，气势不凡，而且往往将

牌坊树于祠堂前或村口，祠堂、牌坊两种礼制性建筑组合在一起相互衬托，营造出浓厚的宗法氛围。村口远离民居等建筑，视野开阔，更能凸显牌坊的气势，富有震撼力。村口牌坊，特别是数座牌坊组成蔚为壮观的牌坊群，步入其间，使人肃然起敬。

石阜原有牌坊（亭）四座，一座位于现大礼堂的位置，一座位于澳边……均为贞节坊，也即民间所说的寡妇牌坊。贞节坊一般都是因为妇女死了丈夫成了寡妇后守贞如玉，不再改嫁，并在家教养孩子后代，孝敬公婆长辈，和睦邻里家人，为人正派，受到村民普遍敬重，由村逐级上报，再由礼部审批，由皇帝下旨建造的。

据《桐庐民国县志·列女志》载，明确为定安乡方某氏的有24人，分别为：方时行妻陈氏，年二十一而寡，生子甫一月，抚之成立，守节五十八年，万历二十八年给额；生员方浙妻王氏，明时人，年二十一而寡，遗孤甫三岁，抚养成人，守节三十六年；方正妻皇甫氏，明时人，年二十六夫故，欲殉，众觉而止，母悯其少寡无嗣，劝改适，不从，侍奉翁姑，继侄为夫后；方文缌妻潘氏，年三十夫故，遗二子俱幼，家贫，有以招夫养子之说进者，氏怫然

拒之，勤织营生，抚孤成立，守节二十余年，雍正四年知县张坦熊给冰操流芳额；方廷达妻施氏，年二十四而寡，夫病割以进，及夫殁，生女甫二月，姑年已老，留身奉养，守年二十余年继叔子为嗣，乾隆五十九年旌，有坊；生员方岩妻余氏，夫故守节，嘉庆十二年有淑慎可风额；修生方立寅妻徐氏，年二十五而寡，守节三十七年，道光二十三年给心坚铁石额；方克诚妻张氏，年二十八，夫故，守节二十八年，道光二十三年给风霜独耐额；方汝霖妻袁氏，年二十六而寡，守节二十五年，同治十年给方松比竹额奖之；方德田妻李氏，年十三而寡，其姑亦二十守节，氏继之，矢志靡他，家贫，纺织自给，光绪十五年给贞孝可风额；生员方丙华妻俞氏，年二十九而寡，子甫八岁，家贫，以针黹度日，未几，子又殇，继嗣无人，茕茕独处，苦节五十年，光绪二十年给埒美桓婺额；方士杰妻俞氏，年三十而寡，守节三十一年，光绪二十一年给节操松柏额；生员方壬继妻郑氏，年二十二而寡，前室子甫七岁，抚之如己出，俚持未一月而母卒，氏乳养成人，守节二十年，光绪二十一年给柏舟矢志额；方廷鹏妻申屠氏，年二十七而寡，守节四十年，乾隆年旌，有坊；生员方春耀妻李氏，年二十九而寡，抚孤成立，守节二十七年，浙江采访局详报给额旌表，有坊；方文生妻钟氏，年二十四而寡，抚养二孤艰苦万状，历二十余年而全其节；方至□妻季氏，年二十五而寡，守节五十年；方作垣妻潘氏，年二十八，夫故，守节三十八年，知府张给劲节凌霜额；方极元妻李氏，年二十而寡，抚遗腹子成立，守节十余年卒，有古井盟心额；方汝懋妻吴氏，年二十一而寡，守节二十五年卒；方发申妻高氏，年二十八而寡，事姑抚子，邻里称贤，守节二十五年卒，按忠义录系殉难；方典章妻许氏，年二十二夫故，抚孤成立，守节三十七年，浙江采访局详给松柏筠操额；方文开妻陈氏，定安乡人，年十三适方越，七载而寡，矢志守节，语姑曰：吾前为方家妇，今且为方家儿矣，奉姑立继，备极艰辛者四十余年，乾隆十五年旌，有坊；方象玺妻俞氏，定安乡人，年二十六，夫亡，遗腹不育，痛悼失明，苦节六十二年，知县郑士俊给节寿双辉额。

另有方光照妻吴氏，年二十五夫故，立侄明圻为后，娶媳生孙，明圻复故，茕茕姑媳，日以纺织抚幼孙，守节四十年，乾隆十一年旌，有坊（此坊据乾隆县志明确为金牛乡，名双节坊）；另据《两浙节孝录》载方咸先妻陆氏，光绪三年旌。

《贞节》下则有：方廷训聘妻孙氏定安乡人，未嫁而夫故，时年二十一。父欲令改适屠，泣曰："舅姑在，女应归方氏。"乃别父母，拜舅姑，谒夫灵。成服即留守志，抚侄为嗣。越数载，姑病剧，氏刲股和药，以进得瘥。知县高给"贞完笃孝"额，守节凡二十，儒学徐、知县严皆给额，以彰其节云。方廷煦聘妻申屠氏年十七夫故，闻讣欲以身殉。父母劝止之，氏往送葬，遂止不返。抚伯氏子为嗣，事姑嫜，处妯娌，历久无间，守节四十年。乾隆二十九年旌。

或许有人会提出质疑，认为定安乡方姓并不一定是石阜人氏。虽说定安乡方姓大族在石阜，但别的村子中姓方的人口照样存在，只是人数很少而已。

确实，单单从乾隆县志所载定安乡所辖五十庄中现存的村庄来看，有方姓人口的也不只石阜村一处。但需要说明的是，当年申请旌表，并非一个家庭之力所能及。关于这一点，我们可以从一个侧面来加以证明。

据民国县志载："李国蕃妻徐氏，年二十六，夫故，守节四十八年，家贫无力请旌，因建正心亭于黄土岭以表节。"可以说，能建亭于当地，已是莫大的善举，也需耗费不少的钱财人力，其开支也非一般人家所能承受，更非"家贫"人家所能为。因此，我们可以估计，这里的"家"，不仅仅是指一个家庭，而应该是一个家族，否则"家贫建亭"有违常情。然而即使是有能力建亭，也仍然"无力请旌"，可见当时请朝廷旌表的申请程序也需巨额开支，更需借助整个家族集体的力量才能实现。更何况，受到朝廷的旌表，虽是因一人之贞，却是整个家族的荣耀，所以才出现一些文艺作品中族人逼迫妇女守贞的情节。

所以，经过分析就不难看出，建贞节牌坊，不仅需要有妇女守贞如玉，还需要强有力的财力支持。而定安乡方氏具备此条件的，不说非石阜方氏莫属，但估计也是八九不离十了。

好在后来再查找《贞节坊》和《节孝坊》，则更清楚地显现出：节孝坊。一石阜庄，清为方文开妻陈氏立。一石阜庄，清为方廷达妻施氏立。一石阜庄，清为方廷鹏妻申屠氏立。贞节碑亭一，在定安乡石阜庄，清为方廷煦聘妻申屠氏立。

参照我县现存历代县志所载，及村中老年人回忆，村中三坊一亭的文字记载与村民记忆已完全吻合，且已各有其主，分别为：方廷达妻施氏坊、方廷鹏妻申屠氏坊、方文开妻陈氏、方廷煦聘妻申屠氏亭。

当然，历史发展到现在，关于女子守贞的问题已有不同的理解。在这里并非宣扬妇女三从四德，只是叙说当年的客观存在，也敬请读者朋友对传统思想抱着扬弃的态度，弘扬传统美德，摒弃封建糟粕，以历史的眼光审视过去，以发展的眼光看待现在和将来。

就如石阜历史上曾经拥有的四座牌坊碑亭，现在除了在历史资料中细细搜寻其踪迹，以及在人们的记忆深处找寻那逝去的岁月外，我们所能看到的，也只能是横卧于溪桥之上的零星的几块石构件了，甚至连旌表的题额是什么内容，也已经无从考证了。

为突出其事，在此再次列出石阜庄三坊一亭的主人及事迹：

方文开妻陈氏，定安乡人。年十三适方，越七载而寡。矢志守节。语姑曰：吾前为方家妇，今且为方家儿矣。奉姑立继，备极艰辛者四十余年。乾隆十五年旌，有坊。按：旧志作方彦初，今据坊表更正。

方廷达妻施氏，年二十四而寡，夫病刲股以进。及夫殁，生女甫二月。姑年已老，留身奉养。守节二十余年，继叔子为嗣。乾隆五十九年旌，有坊。

方廷鹏妻申屠氏，年二十七而寡，守节四十年。乾隆年旌，有坊。

方廷煦聘妻申屠氏，年十七夫故，闻讣欲以身殉。父母劝止之，氏往送葬，遂止不返。抚伯氏子为嗣，事姑嫜，处妯娌，历久无间，守节四十年。乾隆二十九年旌。

石阜碑记

在石阜的阜成庙西墙上，有一块碑石，记载了道光十年
（1830）的一次公众约定："由毛栗山以及姚家园，并下沙乔木
等，勒碑严禁，毋许垦损。如蹈前辙，罚戏一台。再若强梁，鸣
官重究。"碑文内容表面上看虽然只是普通的植被保护，但其深
层含义则是涉及村中"阳基"。一村阳基植被的保护与村子兴旺
和村民健康平安相联系，可说是事关重大。同时立碑记事以达一
以戒愚蒙、一以劝贤达的教化功能，可谓意义深远。

为了让今人清楚了解碑文内容，笔者对碑文进行了断句并加
了标点。在此不避累赘，录碑文如下：

尝思地得人而益灵，人得地而益杰。夫层峦耸翠，固赖造物
之挺生；而平地为山，悉藉人功之积累。我石阜自□始祖十一府
君卜居，山明水秀，野旷源深，阳宅颇贞吉焉。至若毛栗山，若
姚家园，乃吾族宅基之近脉，尤宜栽培，而不可剥削者也。讵古
今不相及，培植罕有其人，开掘偏多其侣。或改山以作地，或凿
井而开沟，利则饱奸害贻良善。致使族内疾病连绵，人丁暴丧。
众等惶惧，谨择吉期，延僧奠土，统同族人到山禁止。一时固共
襄厥事，各无异言。第虑人情叵测，事难永固。爰邀众公议：由
毛栗山以及姚家园，并下沙乔木等，勒碑严禁，毋许垦损。如蹈

前辙，罚戏一台。再若强梁，鸣官重究。愿我族人毋容情毋褊袒，一以戒愚蒙，毋狗贪艳之私，竟敢作敢为，瘠人肥己；一以劝贤达，毋忘继述之意，庶寖昌寖炽，裕后光前。是为记。

　　大清道光十年岁次庚寅十一月中浣吉旦石阜合族公具

　　从碑文中，我们初步知晓了除形成碑记年月外当时的一些相关信息。其一为，毛栗山和姚家园是宅基近脉，另有下沙为悉藉人功之积累而平地为山的，据考应为现在还有残留的长埂以及隆阜山，所有这些，都是一村之阳基的重要组成部分；其二为，这些阳基当时受到了人为的破坏，"培植罕有其人，开掘偏多其侣"，还特意举例说明当时的情状："或改山以作地，或凿井而开沟"；其三为，因为人们的肆意破坏，导致了严重的后果，那就是当时"族内疾病连绵，人丁暴丧"；其四为，鉴于这样的情况，经族人商量后，一致达成共识，即"由毛栗山以及姚家园，并下沙乔木等，勒碑严禁，毋许垦损"；其五为，

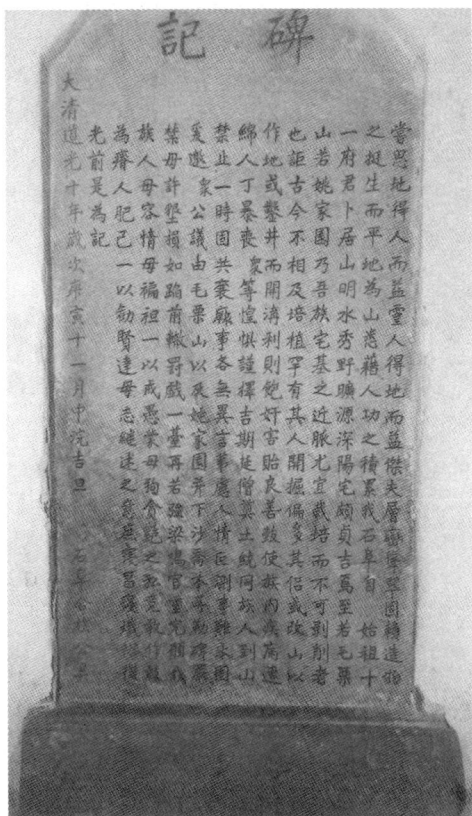

如违反共识则将受到"罚戏一台"甚至"鸣官重究"的处罚。

造成这种结果的原因,是毛栗山和姚家园,是一族宅基之近脉,尤宜栽培,而不可剥削。可是因为"培植罕有其人,开掘偏多其侣",最终导致"族内疾病连绵,人丁暴丧"。用我们现在的眼光和观点来分析,或许两者间并无必然联系,特别是特定区域内的局部植被的好坏。但在一百八十多年前的人们观念中,这种联系是相当紧密的。深入到当时人们在构建村落或起房造屋,甚至打灶铺床等,都会从风水学角度来考量,尽可能做到趋吉避凶。

古人认为,"气乘风则散,界水则止。"所以需要"聚之使不散,行之使有止,故谓之风水"。因此有人认为,风水是中华文化的组成部分,是中国哲学在环境上的反映与体现,是中国人或是华人的环境观。

其实,早在《诗经·公刘》里就有这样的描述:"笃公刘,既溥既长。既景乃冈,相其阴阳。观其流泉,其军三单。度其隰原,彻田为粮。度其夕阳,豳居允荒。"说的是周人的先祖公刘由邰迁豳开疆创业的过程,他到原野上进行勘察,相土尝水,有时登上山顶,有时走在平原,观察山川的阴阳向背,有时察看泉水,有时测量土地,选择居处营建住房,和军民一起治理田地,种植庄稼。山坡上建筑鳞次栉比,田野丰收在望,好一派优哉游哉的田园风光。

这则材料说明,至少在周代就有了相土尝水之术。这种后世被称为"堪舆"的技术在汉代形成了初步的风水理论,在唐宋时逐步趋于成熟,明清时日臻完善。即使现代,还是有很多的人相信,人的命运遭遇与环境是密切相关的。

当然,我们无须对这些学说太过迷信。但是,从环境学角度来分析,优美的外部环境和良好的心理暗示这种内部环境,对于人的身心发展无异具有重要的意义。从这一点上来说，石阜的这块石碑，对于我们今人来说，还是具有相当积极的意义的。

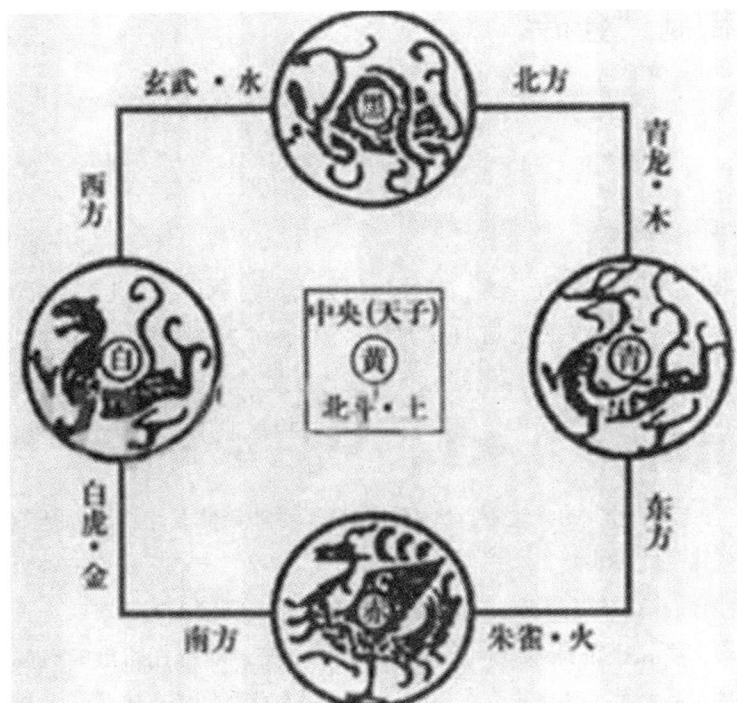

御制 "金砖"

受石阜村书记所邀，与吴宏伟去石阜村中"找文化"，也即有文化价值的东西，诸如古建筑、石构件、古井之类。在考察了仰卧山及正在那里开发的黑布林基地，又寻访了水碓里古遗址，沿途还有水田甲鱼养殖基地和猕猴桃种植基地及荷花园等。然后踱回了村里。

走在村中的弄堂中，脚下是高低不平的鹅卵石路，天际是参差错落的马头墙，心里便感觉特别舒坦。我们一边感受着古村所特有的芳香气息，一边似寻宝一样搜寻着，门额上的砖雕或斑驳的文字，搭桥铺路做台阶的石板，哪怕是一块铺在路上的破磨盘，甚至是砌在墙里有图案的砖块，都会让我们停下脚步仔细观察。这次，就是因为一块石磨盘的吸引，让我们走进了一段长久以来都无人涉足的弄堂深处，并无意间发现了被当作石块砌了猪饲料窖的"金砖"。

当第一眼看到时，眼睛确实是发亮了。当我告知了同伴时，他更是难抑兴奋。我们简单商量之后，就直接电话通知了村书记。原本已准备出门的他更是立马推掉了原定的行程赶了回来。是的，这样大的青砖在村中从未见过，这"金砖"的名头和来头更是前所未闻。第二天中午，村委会便把这稀罕之物细心挖出后小心地搬进了大礼堂保存起来。

金砖，原名京砖，是指明清时期一种专供宫殿和皇室园林等重要场所使用的高质量的地砖。御窑烧制金砖自永乐年间始，至今已近600年。据古籍《金砖墁地》记载：京砖是专为皇宫烧制的细料方砖，因这种砖只能运到北京的"京仓"储备，所以叫作"京砖"；因京砖颗粒细腻，质地密实，敲击时有金石之声，断之无孔，且"京"与"金"读音相似，"京"字后逐步演化为"金"字，故称为"金砖"。另一种说法是：这种特制的砖在材质上虽与黄金无关，但从选土到制作砖坯、熏烧、运输、砍磨、铺墁，需耗费巨大财力和物力，价格如黄金一样昂贵，故称为"金砖"。

金砖出产于素有"中国金砖之乡"美誉的苏州齐门外6里陆墓（今陆慕镇）。苏州向以烧制砖瓦及陶器制品而著称。明代永

乐年间，明成祖朱棣经苏州香山帮著名工匠蒯祥的推荐，特派官员至苏州陆墓监制铺地的金砖，陆墓便成了北京皇宫墁地大方砖的专门产地。由于陆墓镇出产的金砖做工考究、烧制有方、技艺独特，所以永乐皇帝赐封陆墓砖窑为"御窑"。御窑金砖制作技艺繁复，工序多达二十余道，产量非常低。自明永乐至清光绪年间，陆墓御窑"金砖"的生产均由工部下达烧制任务。明代朝廷派出专职官员常驻苏州，监督制砖；清代改由苏州知府及知事亲自督造，再由具体负责营造的佐官（照磨、知事）监造，通过地方保甲落实到窑户，层层签订契约承包。为了保证质量，金砖铭印上都标有委造官吏的姓名，一旦出现有差错，按名索责，严加惩治，所以烧造"金砖"是一件非常严格的事情。

石阜的这块金砖边长 66 厘米，厚 10 厘米，湿重约 80 公斤，通体黝黑发亮，表面平整光滑。一边有款，加盖阳文官戳，只粗略辨认出"同治十一年成造细料二尺见方金砖……江南苏州府知府李铭皖署照磨查……管造小三甲张阿长造"等字样。

整块金砖的外形端正厚实，棱角分明，质地细密，平整润泽。金砖的边款一般有年号、质料和尺寸，有监督制造的地方官员及具体制砖工匠的姓名。年号为同治，质料为细料，"同治十一年"为公历 1872 年，距今 140 多年。尺寸"二尺见方"为砖的规格。当时金砖一般为三寸左右厚度，二尺二、二尺、一尺七见方各为大、中、小三种规格，对应的边长分别为 72、66 和 56 厘米。二尺见方属于中等大小规格。地方官名为"江南苏州府知府李铭皖"。李铭皖字薇生，河南夏邑人，道光十五年（1835）中举人，道光二十年（1840）庚子恩科进士，恰逢其父中进士六十年，父子同列恩荣宴，时人以为盛事。李铭皖初任刑部广西司主事，同治初年，补江苏松江府知府。当时，太平天国运动尚未平息，李铭皖筹办军务，安抚流民，执政有方。不久，调任苏州府知府。任内去除苛捐，借种垦荒，以安民众；疏浚河道，便利贸易，以惠商人。升任湖北安襄郧荆兵备道，卒于任内。"小三甲"三字是砖的型号，横排，小于其他字体。

至于金砖为何会流落民间，一般人认为：一是当年金砖从苏州取道京杭大运河运到北京时，途中可能会发生磕碰的伤痕，这些金砖在下船后，就不再往宫里运，因而流落民间；二是明清时期，故宫每隔数年就会更换大殿中破损的或陈旧的金砖，换下来的金砖往往赏赐给在朝的王爷或大臣，金砖因此流落民间；三是清朝末期，因连年战争，有不少故宫中的御用金砖流落到民间。

石阜村这块金砖从何而来，难以确考，估计是清代石阜村贤之物，从京城官员处得到。如凭当年石阜方金琢、方骥才与晚清名臣袁昶的亲密关系，要得到这尊贵之物也是情理之中的事。其主要用途，除了以其金贵而衬托身份外，凭借其干燥时灰白色和强烈的吸水性，多有用来练习书法之用。

后来，从金砖的主人方玉升处了解到，这块金砖是他祖上方骥才传下来的。原来放在书房中，是用来练习毛笔字的。估计后来是因为少有人写毛笔，就把它当作更实用的石板了。

寿序条屏

得知我在研究石阜地方文化，日前，方玉富先生特地从杭州赶来，让我看了一份特殊的资料：一个八条屏书法作品的照片。书法内容是《明经方君壶山先生六旬寿序》，方壶山先生即石阜著名的方骥才，为方玉富祖上。尤为珍贵的是，这六旬寿序为袁振蟾托人所写。袁振蟾即桐庐籍晚清名臣袁昶。且从文中可知，袁昶曾在方壶山先生处受业，还同时列有受业于壶山先生的学生多人姓名；撰写此序文者又是为浙大前身的当年十分著名的四大书院之一诂经精舍的讲席老师……可以说，其中的任何一条信息，都足

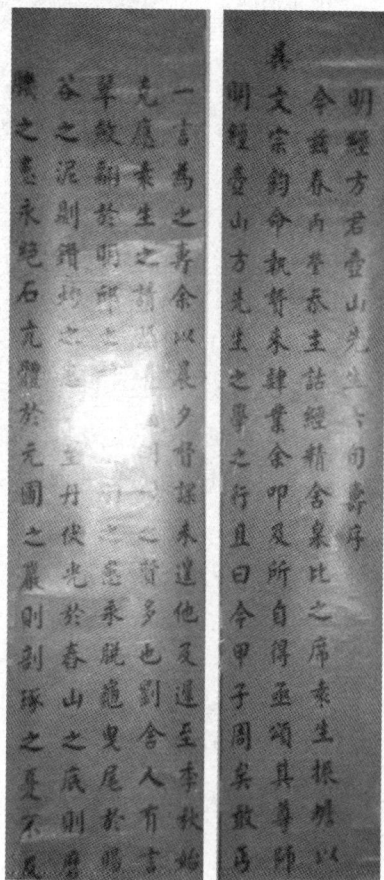

以让我注目，更不用说这么多一连串的珍贵信息汇聚在了这个八屏条上，且又通过几张照片让我一睹风采。

为让读者诸君也同样了解序文内容，在此谨全文照录：

今兹春，丙莹忝主诂经精舍皋比之席，袁生振蟾以吴文宗钧命执赞来肄业余，叩及所自，得巫颂其尊师明经壶方先生之学之行，且曰：今甲子周矣，敢丐一言为之寿。余以晨夕督课，未遑他及，迟至季秋始克。应袁生之请，恐遗漏明经之贤多也。刘舍人有言：翠敛翮于明丘之林，则解羽之患永脱；龟曳尾于旸谷之泥，则钻灼之患不至；丹伏光于春山之底，则磨肌之患永绝；石亢体于玄圃之岩，则剖琢之忧不及。余虽未识芝宇，其爱慕之心，初不以山川间也。袁生信士有师风，其言也简而质，故不辞而次其齿德。以寿之稿甫脱，会袁生登贤书捷音至矣。为之喜，心倒极正，不知先生之喜又当何如也。今以新贵来谒，遂嘱其谨述彦和之言，诵漫叟之诗，为先生侑一觞云。惟诸及门并其子各得真衣钵，今其孙年甫垂髫，咿哦之声已能自发，天籁由是获，怡其天年，而复其初祖，善夫！夫徇俗忘返者，不能内烛缮性慕远者恒多，外希众庶冯生处士纯盗二者病焉，先生非无心于世，曾不屑出其学行文藻以求售，东南气习，士骛奔竞，闻先生之风，庶几少辈矣。元次山招孟武昌诗序云，漫叟作《退谷铭》指曰：干进之客不能游之；作《杯湖铭》指曰，为人厌者勿泛杯湖。孟士源尝罢官，无情干进，在武昌不为人厌，可游退谷、可泛杯湖，故作诗招之。先生乃漫叟之流，无疑以视余之仆。仆为禄仕，其不能游退谷泛杯湖也，殊色愧甚。伏念明经鼻祖，为元英先生，唐之诗人也，独行踽踽，举进士不第，遂遁迹于芦茨之白云源，以诗自鸣其不平。诗人李德新辈从之游，徜徉乎山水，手建清芬阁以遂其志。然则先生之渊源，其真有自与诗曰心乎？

爱矣,遐不谓矣。以之处身是之谓韬光,若明经者亶其然乎。自弱冠弄翰,连不得志于有司,恂恂而退居于乡,乡之人薰其德而善良,聚徒教学,先后无虑百人,咸循谨崖检有声于庠序,出其门者,不问而知为先生弟子也。尤喜吟,每有会意,辄发之于诗,颇自珍惜,未尝示诸人。

赐进士出身前贵州安顺府知府愚弟沈丙莹顿首百拜撰

受业吴履祥吴肇奎姚桂芬徐铣袁棻吴鳌徐彬吴炳文徐斗光许济寅袁振蟾顿首百拜祝

大清同治六年疆圉单于阳月吉旦世姪赵钰顿首拜书

关于袁昶与石阜的亲密关系,是完全建立在石阜人的好义基础之上的必然,他不仅得到方金琢的无私照顾和资助,又得到方壶山的精心指导,而这一切都发生在他未发迹之时,所以他显达之后不忘方壶山师恩和方金琢"漂母"之恩,在方壶山先生六十岁时"执贽"(即带着礼物)请序于诂经精舍的沈丙莹,又在方古香八十岁时写诗祝贺,以表深情。这些具体的情况,将在另一文中会有较详细的叙述,在此不再重复。此序文内容,虽有用典,然不算古奥,初读也能大致了解其基本意思,故也不多作详细说明。这里只将几个关键性内容略作解释,以助大家更好地理解序文内容。

此文的作者沈丙莹,按《沈家本生平年表》记载,为吴兴(今湖州)人,于清道光二十五年(1845)考中进士,补官刑部,为陕西司主事。清咸丰七年(1857)改官都察院山西道监察御史。清咸丰九年(1859)为贵州安顺府知府。咸丰十一年(1861)铜仁府的署理知府,同治元年(1862),在贵州官场失意。同治二年(1863)出任贵阳代理知府。同治三年(1864)正月,因官场失意,全家离开贵州,踏上回浙江之路。同治九年(1870),沈丙莹与妻俞氏先后去世。

　　据序文所言，沈丙莹写此序时"忝主诂经精舍皋比之席"，"忝"为谦词；"主"为主持；"皋比"，意为虎皮，古人坐虎皮讲学，后因以指讲席。也即他当时主持着诂经精舍的讲席之位。因此，对"诂经精舍"有必要详细介绍。

　　诂经精舍，清代嘉庆时期的著名书院，在杭州西湖孤山。嘉庆八年，阮元任浙江巡抚时创建，教学内容为经史疑义及小学、天文、地理、算法等。阮元《西湖诂经精舍记》："及抚浙，遂以昔日修书之屋五十间，选两浙诸生学古者，读书其中，题曰诂经精舍。精舍者，汉学生徒所居之名；诂经者，不忘旧业，且勗新知也。"话说乾隆六十年（1795），阮元调任浙江学政，从此开始了他倡导实学的一系列教育改革。嘉庆二年（1797），阮元在杭州孤山南麓构建房舍 50 间，"选两浙经古之士，分修《经籍诂》"，次年书成；嘉庆五年（1800），阮元出任浙江巡抚，第二年，阮元将昔日修《经籍诂》之房舍辟为书院，名之为"诂经精舍"。嘉庆六年（1801），阮元亲自主持选刻了《诂经精舍文集》。

此后，选刻学生佳作便成为一项固定的制度。嘉庆十四年（1809），阮元因故离浙，遂停废。道光四年（1824），原精舍肄业生、嘉庆十年会元、曾任侍讲学士的胡敬呈请当时的浙江巡抚、布政使等修缮精舍。道光十年（1830），巡抚富呢扬阿复加修葺，并定生徒员额，分内、外课亲加课试，精舍始渐中兴。咸丰年间，精舍再次停办。同治五年（1866），布政使蒋益澧捐资重建精舍。不久，经学名家俞樾主精舍讲席，此后掌教三十余年，可谓当时全省最高学府。光绪三十年（1904），精舍正式停办。

序文中，对方壶山先生的"聚徒教学"，特别是晚年生活流露出羡慕之情，且多次喻之以"漫叟"。"漫叟"者，放纵无拘束的老人，又唐元结老时自称"漫叟"，两义均可，而后义更凿。因为前文有"谨述彦和之言，诵漫叟之诗"之说，更有"漫叟作《退谷铭》"等言。"彦和"是刘勰的字。

关于写作时间，文末虽有"大清同治六年"，但因撰与书并非同一人，故或有出入。然文中说"以寿之稿甫脱，会袁生登贤书捷音至矣"，对照袁昶生平，同治六年（1867）举乡试，与序文中之"登贤书捷音至"吻合。因方壶山此年为六十岁，故可推算出生年为嘉庆十二年（1807）。

文中内容，引述颇丰，从北齐刘昼刘舍人《刘子》的大段引用入

80

手，并以唐代文学家元结相比，随后对方先生之行略及祖先方干之才均有叙述，最后以方先生之学及学生情形侧面反映其影响之巨大，可谓高度评价。这些作为祝寿文，权当溢美且不说。然开头不经意的交代写作缘由之言倒颇引人注目："袁生振蟾以吴文宗钧命执贽来肄业余，叩及所自，得亟颂其尊师明经壶山方先生之学之行，且曰：今甲子周矣，敢丐一言为之寿。"文中不仅明确是年先生花甲之期，更重要的是，"所自"之问与"尊师"之答，袁昶明确表示方壶山先生是其学业出处，从中不难看出方壶山先生在袁昶心中的重要作用和崇高地位。祝寿4条屏上所署在方先生这里受业的其他11人和书写者，虽无从一一考证，但作为咸丰朝甲寅（1854）岁贡的方骥才，名列县志《儒林》，其门生也多有文名，仅从民国《桐庐县志》就查到：吴履祥，字庆云，水滨乡人，咸丰朝辛酉（1861）拔贡，朝考二等，选授松阳县教谕；吴肇奎，字春波，水滨乡人，岁贡；姚桂芬，字品芳，水滨乡人，岁贡；吴炳文，字鸿波，定安乡人，光绪乙亥（1875）岁贡；许济寅，字一林，定安乡人，光绪己卯（1879）岁贡……徐光斗（疑与徐斗光为同一人，笔者注），字鲁瞻，号蒙山，水滨乡乳泉庄人，同治丙寅恩贡。品端学粹，不慕虚荣。日与诸前辈讲为学之道，暇则必手一编经史子集，披寻不已。其为人束身自好，介然不阿。生平课读，门里教导有方，本其学以陶淑，后生出其门者率多，知名士若章焕如、申屠涧尤其著者。从这里也不难看出方先生对地方文教的巨大影响。

古契旧约

　　历史的可爱之处，不仅在于她让我们知道过去的模样，更在于总会于不经意间告诉今人曾经的真相，那份不期然，让人凭空增添了几分惊喜。就如我在研究石阜历史时，真希望能遇到一些我未曾了解的内容。就在此时，一叠清代至民国年间的契约，从村中一户农家找到，并送到了我的案头。

　　这是自康熙五十六年至解放初期各个历史时期的各类古契旧约共 45 份，分别为康熙五十六年的《桐庐县水浜乡石阜村陈某出卖山林契约》、康熙六十年三月和五月的《桐庐县水浜乡三管一图十甲方寿信业务执照》、雍正拾年《桐庐县定安乡石阜村方寿信业主归户清单》、乾隆十一年和十二年的《严州府桐庐县定安乡石阜村方成谱业务执照》、乾隆十八年的《桐庐县定安乡石阜村方成守业务执

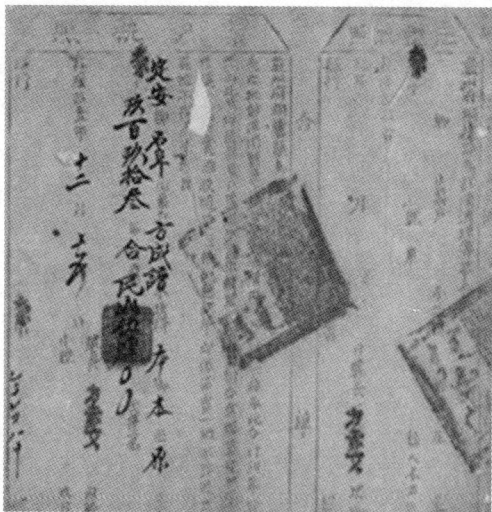

照》、乾隆四十年的《桐庐县定安乡石阜村方某某耕田出卖契约》、道光三十年的《桐庐县定安乡石阜村方某某房屋、宅基地出卖契约》、民国十三年的《桐庐县定安乡石阜村方某某耕地出卖契约》、以及民国年间的土地陈报单、出卖客田契约、出行通行证、往来欠条、坟山界限之争协议、土地房产存根、田山收管协议、征税由单、土地存报手续费收据、征收田赋执照、当赎凭证、征收田赋收据、征收田赋收仓券、借条、耕田调换契约、货物税完税照、农业税征收收据等。

这些古老的契约，大小不同，长短不一，大多以粗糙宣纸竖行书写，既有全文手写体，又有官方印刷体，颜色虽然已呈深黄，但大都字迹清楚，保存完好。从时间上来看，这些契约从康熙五十六年即公元 1717 年到 1951年，时间跨度 234 年，最早的距今 300 年。从内容来看，包括 23 种内容，涵盖了买卖、典权、抵押、质权、租赁、借贷、互易等各方面。从契约双方关系来看，有百姓与政府之间的，如业务执照、土地陈报单、出行通行证、土地房产存根征税由

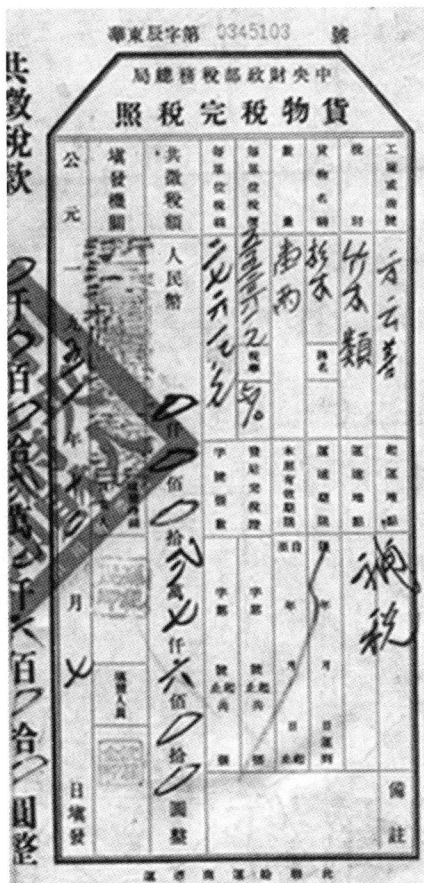

单、土地存报手续费收据、征
收田赋执照、征收田赋收据、
征收田赋收仓券、货物税完税
照、农业税征收收据等；也有
民与民之间的，如出卖田地契
约、往来欠条、坟山界限之争
协议、田山收管协议、当赊凭
证、耕田调换契约等。同样的
出卖契约，又包括山林、耕田、
耕地、客田、房屋、宅基地等。

契约是人在社会生活中发
生物权和债权行为时，为昭守
信用，保证当事人权利和义务
切实履行而形成的一种文书。
这种在中国历史上使用了数千
年的古老文书样式，与人们生
活密切相关，是民间生活形态
的反映。它蕴藏着丰富信息，
有民间经济活动信息、民间风
俗和地域历史文化信息、自然
环境和人文景观变迁信息、传
统宗法制度信息，以及社会管
理和法律信息等。

这些契约因为客观真实地
记载了民间社会的生活形态，
它们所承载的丰富的信息资源，
在学术研究、编史修志、文化

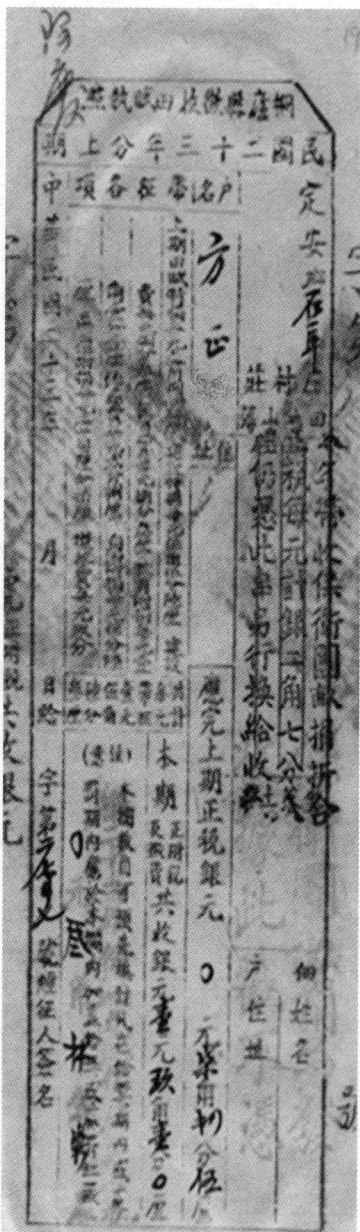

教育等方面都具有很高的历史文化价值。如今，民间地方历史文化正日益成为人们研究的热点，就需要大量的历史文献。契约文书所反映的民间社会未被国家意识形态和主流话语所蒙蔽的历史，对于研究传统民间风俗、人文风情、宗教信仰、道德礼仪等都具有其他史料所无法替代的作用。其他如对社会学、历史学、社会观念、地域文化、宗族制度、社会观念等方面的研究，也能提供不可或缺的第一手资料。

就如我手头的这些契约，为我们了解古代契约文书行文格式、担保形式、契约制度、法理基础以及变迁等的研究提供了鲜活的样本，更为后人研究家族兴衰提供了以资佐证的重要资料。官方的一些公文凭证，也为我们研究诸如行政区划沿革和税务制度变迁等，提供了依据。如这些材料中就出现了许多本地行政区划沿革相关信息。如康熙五十六年为"桐庐县水浜乡石阜村"，到康熙六十年成了"桐庐县水浜乡三管一图"，雍正十年又为"桐庐县定安乡石阜村"，乾隆十一年则为"严州府桐庐县定安乡石阜村"，乾隆十八年又为"桐庐县定安乡石阜村"……

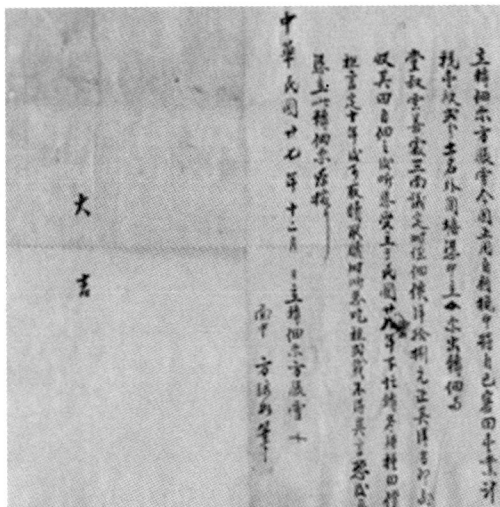

植善堂匾

　　石阜村古建筑不少，但征集到的保存至今的堂匾不多，其中的"植善堂"当是其中的佼佼者。

　　此匾得来就有个故事。

　　宣传部吴宏伟先生在调研过程中听说有这样一块牌匾，就由村书记带着来到植善堂楼上。原来那块匾已做了一个谷柜的面板，正面朝里而背面露出在外。打开柜盖，宏伟探到里面一看，果真是植善堂匾，书法很好，还有"莲塘周兆基"的落款，只是匾面已被凿了一条凹槽，好在没损伤字体。并且现在谷柜也已闲置，方书记就决定征集。等宏伟再次去石阜时，那匾已放在大礼堂里了。更为巧合的是，后来得知当年把这匾额当作做谷柜的材料的方玉升，就是吴宏伟的阿姨夫。

　　关于植善堂的建造者，一说为方应乾字廷健，一说为一寡

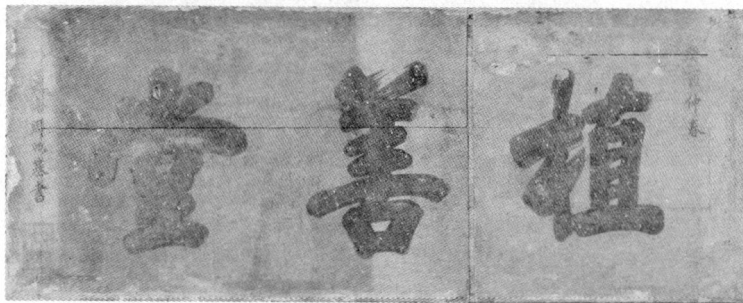

妇。两种说法看似矛盾，仔细分析，其实也可以相融。据说方应乾自小由伯母抚育成人。伯母勤俭持家，节衣缩食，积累钱财，后有了一百四十余亩田产，成为村中一富户。嘉庆年间，应乾不仅为伯母建牌坊，还是梧村常乐寺和本村阜成庙捐钱助田的大施主。既然有建牌坊一说，那就很有可能他的伯母是节妇。此房为应乾所建与伯母所建也可以是同一回事。

　　既然是村中富户，又乐善好施，结交贤达名流也自然平常。看匾额"植善堂"及落款字迹，似非一般人所为，此"莲塘周兆基"何许人也？石阜西北不远就有莲塘村，周兆基会不会就是那里的人？后来在网上看到了一块"茹荼画荻"匾，作者居然也是周兆基。这一下子引起了我浓厚的兴趣。

　　原来，周兆基（？—1817），字廉堂，号莲塘，湖北江夏（今武汉）人。乾隆四十九年(1784)进士，8年后外放陕西提督学政。历任浙江提督学政、刑部左侍郎、吏部右侍郎、吏部左侍郎、工部左侍郎、工部尚书、礼部尚书，最后在吏部尚书任上去世。周兆基是清代乾嘉时期一个身居高位的饱学之士。著作的《佩文诗韵释要》收录一万零三百字，删落《佩文韵府》中生僻字一千六百多个，注释简要，查韵极为方便，成为一本扼要好记的速成音韵释要，也使周兆基在中国音韵学上具有不俗地位。后世学诗、赶考、作画的少有不看此

书的。时至今日，王力主编的《古代汉语》附录有《诗韵常用字表》就来自此书。

看周兆基经历，曾任浙江提督学政。这样，他为石阜题堂名就不那么难以理解了。那么是否他与方应乾相熟？没有具体资料说明这一点。如果在文学方面颇为突出，则恰是学政所辖，相互间有往来就成为自然。循着这样的思路，还真有新的发现。方应乾生二子：毓嵩、毓歧，毓嵩生骥才壶山，而方骥才是邑内文豪，拔贡生，著有《柏堂文稿》《秋芙蓉文集》《觉昨非轩诗草》《不伦翁笑笑集》等，深得邑令何维仁激赏，保举其孝廉方正，特赠"品学纯正"额勉励。其父方毓嵩之才学虽无从考察，如也是乡中大儒，那么对于这样的人物，作为浙江提督学政的周兆基爱惜人才，为其居所题写堂名，也是一种首肯和嘉奖了。

当然，这些都只是推理和猜测。但我们庆幸的是，这古人的题写，最终以这样的方式保存了下来；我们更希望，能以何种方式让它再现昔日的荣光，接受今人的瞻仰。

第三辑

耕阜文化

"观乎人文，以化成天
下。"一个家族的创业史，
一个村落的发展史，历史的
变迁，文化的积淀，耕阜石
阜是农耕文明的历史画卷。

璿公入迁

璿公字象天，行十一，为芦茨白云源方干公十二世孙方逸公长子。璿公自公元 1173 年迁到石阜仰卧山居住，成为石阜方氏始祖。

璿公父方逸因排行第四十四，所以石阜后人均尊其为四四公阿太。

四四公方逸迁来石阜之前是姓陈的，之所以到这里之后改姓方，是因为他的祖先本来就姓方。

那么方姓为何要改姓陈呢？这有两种不同的说法。

一种说法是方干七世孙方韶字仲善，入赘浦江南乡陈许国公为婿，生子从母姓陈。传至第五代孙陈顼，生五子，第五子即为四四公方逸，先前当然叫陈逸。陈逸公生了三个儿子：陈璿、陈玑、陈利，于宋乾道淳熙年间（1165—1189）携长子璿由浦江迁入现石阜仰卧山定居，然后重新改姓方。

另一种说法则与北宋末年方腊起义失败后朝廷追杀方氏有关。

根据史书的记载，宣和二年十一月二十二日，方腊军在青溪县息坑（今浙江淳安西）全歼两浙路常驻官军五千人，兵马都监察颜坦被杀；继续攻陷青溪，俘获县尉翁开；十二月初，克睦州，又下歙州，直趋当时花石纲指挥中心的杭州。处州霍成富、陈箍桶等人皆加入战局，衢州摩尼教的组织亦起兵响应。方腊军在极盛之时建立了包括江苏、浙江、安徽、江西的 6 州 52 县在内的政权，在当时对宋朝统治造成了极大的威胁。

所以方腊起义被镇压后，宋朝对方腊可谓是恨之入骨，同时对方腊余党的追杀也殃及了其他方氏。现存多地方氏宗谱中有"大戮方氏"的说法。据说当年朝廷把睦州改名严州，就与方腊起义有关。因为睦州并不太平和睦，需要严加管教，或者说要崇尚严子陵那种淡泊功名的出隐思想，因此改为严州。同时还改淳化为淳安。所以在这样的背景下，与方腊有较近关系的方姓人家为了生存，只有改姓换名。民间就有一种说法，四四公的祖上就是因为这个原因而改跟外公姓陈的。

而到底是出于什么原因，即使在现在的石阜方氏人口中仍说：方改姓，说不清。也就是说，方姓（或一部分姓方的人）曾改作陈姓，那是确凿的事；至于改姓的原因，那就说不清道不明了。是因为历史久远而逐渐模糊了，还是从一开始就讳莫如深？就不得而知了。

关于方腊起义的故事，限于篇幅及主题，这里不再详述。

但是，方氏璿公到现石阜仰卧山后，家族并没有得到迅速发展，这从"九世单吊"的传说中就可以看出当时的情况。

传说璿公到石阜后当初的几代并不兴旺，而且还出现了让人担忧的"九世单吊"的局面。但是，从现在仅存的《桐庐石阜孝友堂方氏本文公家谱》看，"九世单吊"的传说并不符合事实。

因为谱上记载很清楚，璿公生雅九一子；雅九公生千三、千四二子；千三公生万六、岩、万九三子，千四生万三一子；万三生曾六、曾十三二子，万六生曾七、曾十一二子，万九公生曾八、曾十二子；曾六公生元一、元二二子，曾七公生元三、元五、元十一三子，曾八公生元四、元六、元十二三子，曾十公生元九、元十三二子，曾十一公生元七、元八、元十三子，曾十三公生元十九一子；元六公生庚二、庚四二子，庚四公生祥四一子，祥四公生三子……从这些烦琐的记载看，只有雅九公和祥四公是独子，其余的都有兄弟，"九世单吊"的说法是怎么来的呢？

然仔细分析后，似乎也不是没有可能，特别是如果按照当时封建观念的标准来判断的话。就如祥四公，他有三个儿子，但长子永五无后；次子永六由吏员任江西抚州，敕受承德郎，留居江西未归；三子永七公即斛山阿太方礼。因此按照当时的传统习惯，祥四公虽然有三个儿子，但一个无后，一个外出未归，最后只有方礼在这里传宗接代，相当于只有方礼一个儿子。

另外排行数字为几并不表示这里有几个兄弟，古时"家族"的观念可以是从上一辈甚至上几辈算起的。如璿公是石阜始祖，他只有雅九一个儿子，依据排行取名的习惯，雅九在堂兄弟中排行应该是第九，或者说在族兄弟中排行第九，说明这个排行方法是璿公把迁来这里之前在浦江时自己的三兄弟的儿子一起排行了，或者是他爷爷的四世孙甚至更早辈一起排行了，并不表示亲兄弟或一代堂兄弟，而是多代堂兄弟的排行。

不管如何排行，也不说当年的石阜方氏是如何发展的，反正璿公入迁，为本地带来了方氏一族，并经800多年的繁衍生息，已发展成现在的繁荣局面，同时还由石阜向外村发展，如梅山阿太就是梅山方氏的始祖；甚至外地，如富阳龙门环山方氏就是由四房阿太的子孙辈形成的大族；更有数百人口在上海等地做生意，后来就在那里定居；其他如赵龙山、东毛村、水碓里等，就更难计其数了。

方礼劝耕

永七公绘像

方礼,字思义,号丹泉,元末明初桐庐定安乡 (今江南镇) 石阜村人。据《方氏家谱》记载,方礼生于元至正八年 (1348),卒于明宣德八年 (1433),享年 86 岁。北京故宫博物院珍藏的一幅明代劝农垦荒的《耕阜图》,就是方礼所绘。

据清康熙《桐庐县志》载,方礼,字思义,号丹泉,定安乡人,笃于孝友,乡闾化之。性嗜古,诸子百家靡不毕贯,尤善诗,勿求闻达,值元乱,田土荒芜,洪武初,思义介民开垦,备诸播种之法,咏为诗歌,以劝耕,远近则焉。传流于京蜀,士林尚之,竞为词章以相赠答,有蜀府长史郑楷为之序,翰林郑棠为之跋,文载本籍。尝与汪改俞深义门郑沂诸公为友,浙江巡抚累荐而辟之,公上所绘耕阜之图以辞巡抚,乃作调以表其逸志云:乐隐固辞轩冕,谋生且学耕耘，高风千古许谁伦，堪与严陵相并。南亩乘时播种，落英到处缤纷，此间离乱未曾闻，仿佛桃源光景。

汪改《贺耕阜图》诗云：幽居石阜乐躬耕，鼓腹讴歌颂太平。负耒出时朝日上，荷锄归去晚云横。扶商德业思伊尹，佐蜀功名忆孔明。圣代求贤正如渴，未容畎亩久潜名。

思义和云：驱犊乘春阜畔耕，芳塘过雨绿初平。犁从柳色添时举，枕向桃花落处横。饮啄何尝忘帝力，歌谣仅可颂皇明。皋夔事业昭如此，巢许原来浪得名。

礼部尚书郑沂诗云：玄英处士旧名儒，独羡云孙嗣读书。数亩石田和德种，一犁春雨带经锄。传家喜见箕裘盛，罚稼宁忧仓廪虚。试问客星台上月，年来高节竟何如。

思义和云：台辅鸾坡国钜儒，草茅何幸沐亲书。片言垂鼎辉蓬荜，只字流金忝末锄。盛世不才多自弃，象贤无地一生虚。云岩高并双台石，今与佳章万古如。

郑杲诗云：屋上青云屋外田，为农岁岁愿丰年。林间鸠唱春阴日，谷底莺啼雨后天。化诱早闻诗礼训，播耕惟仗子孙贤。知君堂构题存隐，千古

交章铁笛仙。

思义和云：躬耕南阜一区田，结屋连云几稔年。芹曝未能酬圣主，耘籽犹得庆尧天。匹夫自是供常分，佳句何由锡大贤。铁笛标传存隐重，玉堂翰墨实文仙。

监察御史郑翰诗云：待漏金门十数年，好怀长梦到林泉。鹓鸾已忝清朝列，松竹犹存旧日缘。耕凿安量超后辈，衣冠敦俗继前贤。知君轩冕非无志，自是南阳胜有田。

思义和云：白云留恋几经年，猿鹤凄其遶玉泉。世事多端游客老，生涯数亩野人缘。鹿门欲遂庞公愿，苍耳难逢太白贤。圣主臣邻恩泽远，喜沾余润满桑田。

方礼爱学诸子百家典籍，善诗词，为人仁厚好施，深受乡亲爱戴。元朝末年，战乱频繁，田地大多荒芜。元亡，明朝建立，太祖朱元璋即命官勘验荒地，令军士到各地，一面开荒种地，一面负防守之责，谓之军屯。然而军屯常有扰乱地方、侵害百姓之事发生。方礼见此，便放弃平时研文作诗之乐，奋勇向上提出"包荒"的办法，改"军屯"为"民屯"。为了发动更多的人投入垦复荒芜之地，他亲自备了多种播种方法，并吟成《劝农歌》，不辞劳苦奔赴各地劝耕，并身体力行率家人带头垦荒。四乡农民为之感动，纷纷响应垦荒，不仅使桐庐江南一带的荒地很快得以垦复，而且屯军扰民之灾也随之被消除。地方出现了"民耕物阜"安乐太平的兴旺景象。《桐庐县农业志》奉方礼为桐庐农业第一人。

方礼劝民垦荒取得如此大的成绩，浙江巡抚得知后，向朝廷推荐任以官职。方礼又绘了一幅《耕阜图》送上请辞，并写诗阐明了他要像"不事王侯，耕钓终身"的严子陵那样，坚持"有志劝农稼穑，无意离乡为官"的志向。这幅《耕阜图》送至京城，京师士林竞相争阅，赋诗赞颂。据《桐庐县志》记载，当时吟咏

《耕阜图》的诗文颇多，为了扩大影响，由长史郑楷作序，翰林郑棠题跋，编印成专集，向社会传播，以劝民耕。

在方礼的带动下，造田风气大兴。后来田越造越多，石堆就星罗棋布。直到解放后，村四周还能看到一百余堆，就好像奇妙的石堆阵。由于耕阜而积石成堆，石阜的村名也就自然形成了。

朱元璋听到了方礼的农耕故事，很是高兴，为了奖励他，下旨免钱粮三年，并赏赐藤帽一顶。方礼戴上这帽，不论见什么官都可以不用下跪。

就这样，方礼到了六十岁血气还很好。一天，他骑着一匹体高骠肥的白马，路过岩桥，忽见溪边一个女子正俯身槌衣，水中倒影显得十分美丽，楚楚动人，方礼一见，顿生爱慕之心。为引起注意，故意让帽子掉下，然后就在马上脚不离蹬地把帽子捡起来。当姑娘朝他一看，并莞尔一笑时，他就勒马问道："请问姑娘，六十年的陈谷子还会发芽吗？""那只要秧田壮（肥）啊！"方礼一听，满心欢喜。回家后，就请媒前去说亲。

姑娘的父亲，听后哈哈大笑，说，方礼年纪跟我差不多，我女儿才年方十八，这怎么可以呢？也罢，方礼若能在岩桥溪上造上一座茶源石桥，便利过往乡民，我也就许了这门亲事。

茶源石产于淳安，与岩桥相距二百余里，要把石头运到这里，谈何容易。可方礼不惜倾家荡产，一年之间，就在溪上架起了崭新的茶源石桥，也就是著名的方家桥。方家桥直到海康威视进入后，因公司建设需要，才易地保护。

方礼自从娶了岩桥姑娘，老竹根头爆嫩笋，竟一连生了三个儿子，三个儿子又共生了九个孙子，从此子孙繁衍，逐渐发展成江南大姓。

方礼活到 1433 年，享年 86 岁，葬于斛山，现在人称斛山阿太。

九房成族

石阜方氏行辈序世系四十六字依次为：璿雅千万曾元庚祥永玉孟华乾相勋坤钦淙标熙坦镇洪业焯培衔源本煜垣镛泽垠烈坊铭润杼燿城锡海桐炘境

有一种说法是石阜方氏从千三千四公开始分房，千三公长子万六公是为四房，后裔有部分迁居富阳环山定居，现后代人口众多。

但此处说法似有可疑。

一是分房秩序。在石阜共有九房，为何千三公万六公为四房而不是三房或六房？这分房是按什么排序？如万六为四房，或许前面比他年长的有二人子嗣不蕃故未独立似能说通，而千三公为四房，难道在他前面有一人分得两房？按常理难以成立。

二是分房时间。现在石阜村里按房头分成一定的区块，还有许多地名是带房头名的，如七房弄、四房井等，说明某一房头在

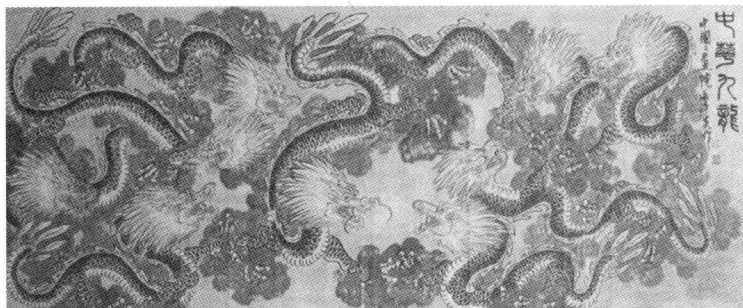

村子的某一区域相对集中，这与兄弟间分家造房以祖屋为中心向周边辐射的习惯相符合。现在石阜的位置是方礼劝耕后搬迁过来，搬迁之前方氏居住仰卧山。千三万六为本地方氏第三第四代，而方礼为永字辈，为第九代，时间相隔五代或六代，按常规计算也得一百多年；而按璿公 1173 年入迁本地到九世永公方礼是 1348 年生人，时间跨度为一百七十多年。

所以另一种说法更为可靠：石阜方氏从方礼的九个孙子开始分为九个房头，各自发展又相互联系，发展成现在的桐南方氏大族。

按照方礼的支系源流上溯，璿公生雅九一子，雅九公生千三、千四二子，千三公生万六、岩、万九三子，万九公生曾八、曾十二子，曾八公生元四、元六、元十二三子，元六公生庚二、庚四二子，庚四公生祥四一子，祥四公生永五永六永七三子，三子永七公即斛山阿太方礼。方礼生三子。长子玉一，生孟七、孟九二子；次子玉二，生孟一孟二孟三孟四四子；三子玉三，生孟五孟六孟八三子。

方礼在亲兄弟中排行老三，而在族中排行第七。但他的三个儿子却为玉一玉二玉三，九个孙子也是孟一至孟九，从一开始，中无间隔，这在一个大家族中殊为罕见，除非是另外发派独立一支。斛山阿太方礼很可能就是这种情况。

按照当地的民间传说，斛山阿太方礼大气狂放，行为多为旁人所不解。如犒军一事，他能够拿出家中所有粮食来犒劳朱元璋的部队，还差点不讨好而受罚，幸亏刘伯温机智解围，真可谓是吉人自有天相；又如六十岁时为婆岩桥姑娘，可以倾尽家产为岩桥造方家桥，如此大气魄的结果是换得从九世单吊到子孙满堂；再如由雪天观景到发现下石阜吉地，并举家搬迁，后又积阜开民屯、绘图劝农耕，这些就不仅仅是胆量，更是远见卓识了。他的先见，终于换得了耕阜石阜今天物阜民丰的局面。

而认为是从方礼九个孙子分为九房的另一直接依据，就是方礼虽在方氏家谱中是石阜方氏第九代，但在现代方氏的口碑中却称为"斛山阿太"，地位却是毫无异议的方氏祖先。这么崇高的威望，可能不仅仅是因为他的搬迁之功，而很可能是因为他是搬迁居住于现在"下石阜"的唯一一支，其他人可能当时并没有离开仰卧山这个相对高位的"石阜"。最终居仰卧山的人烟逐渐稀少，"下石阜"却是一派人丁兴旺的繁荣局面。所以，方礼虽然不是桐南方氏的始祖，却理所当然地成了"下石阜"的方氏始祖。

灌溉水源

石阜村因为地处水量丰沛的大源溪边，地势又是由南向北倾斜，所以具备较好的灌溉条件，但现在大部分农田都能进行自流灌溉，还是得益于历代挖掘的纵横交错的沟渠，以及自流井和山塘水库等共同形成的灌溉网络。

石阜灌溉的主要水源是大源溪。大源溪旧名甘溪，源出三源城岩顶北坡，北流至钟家庄，纳桃岭、松香坞的水源之水，西北流经肖岭水库入凤川，于木杓堰纳小源溪之水后，流经石阜与窄溪界，1975 年溪道改直，于柴埠村东入富春江，全长29 公里。

据民国年间《桐庐县志》载：甘溪，溪有二源，大源自倒山岭流出，北至华家塘，得甘岭之水自西来会；合流迤东七里许至东茅（现称东毛）村，西得雪水岭之水自南来会；合流迤东八里，过蒋家坞至中巡庄，得杨家岭之水自东来会；合流迤南折而北五里许，过上庄，得下附源之水自北角顶山流出西迤南来会；又合流五里许，迤北折而西过塘坞至蟠龙山西，迤东复折而北五里许，出大源口到雷坞木石堰，小源自西坑岭之东流出，南迤北五十余里过竹筒庄又北流三里许出小源口会大源之水；合流迤西过翔岗，折而北七里许至梅山，分为二，一西折而北十里许出舒湾埠，一迤东折南而北十里许出窄溪埠，入于桐江。按：今唯舒湾埠可随时通筏，自窄溪以里已壅塞。

两相对照可以看出，大源溪中上游基本保持原状，下游则有较大变动。这种变动，有自然洪水造成的河流改道，也有人为的治理和改造使然。如历史上的保禾坝、保庐坝、新伸坝、砻糠坝、保安坝等，都是筑坝拦水以防水患，或引为水利。有的坝还时毁时修，历时多年。有的坝虽在上源，却是下游村民为水利而修，导水入渠，以溉粮田。

大源溪水流最主要的方式是挖掘水澳引溪流地表水用于自流灌溉。

为充分利用大源溪之水，石阜有金堂澳和大澳两条南北纵向大动脉。金堂澳从珠山岩山头开始，接大源溪之水，流经赤山到石阜大畈、姚塘畈、金塘畈、下畈、高大畈、奚家畈等大片农田，然后从水碓里流入窄溪会山出马浦到富春江，全长约20里，担负着石阜村约90%的水田灌溉任务。

村东大澳从毛栗山边引入官澳水和双井、大小龙头及九房井之水，从南到北贯穿全村，水质清洁无污染，主要为村民生活洗涤服务，流经下畈后加入灌溉水系。

当然，肖岭水库建成后，主要功能就是灌溉，三条主干渠流向不同方向，特别是总长11.12公里的东干渠最大流量达每秒5

立方，灌溉了石阜大片粮田。

地下水的利用也是自流灌溉的重要组成部分。

甘泉澳就是大源溪地下水涌出成地表水而成。民国《桐庐县志》就有记载："甘泉澳，在石阜庄前，由甘溪水伏流至珠山棋盘形下龙头涌出，水源入澳流向下泉庄出渔浦，可溉田数十亩。"

1977年11月，当时的窄溪镇于梅山村洋虎山与雨井山之间的大源溪上，建造了一座截水堰坝（俗称窄溪地下水库），拦截大源溪地下渗水。堰长115米，高0.7米，粘土心墙坝，浆砌石块护面，截流深6米。其上设进水槽和引水渠，引水渠平行于大源溪河床，宽2.4米，高1.4米，长1070米，与富春江南渠结合灌溉窄溪、石阜、凤鸣等乡农田1.2万亩。

另外，一些泉水和井水除村民饮用外，余水也加入灌溉系统。

据民国县志《方舆》载："石鳟泉，在石阜乡五村，灌田30亩。""东方大澳，在石阜庄，其源有二，一出五聪山，一出乳泉潭，至头丘堰合流而入曲，折过水碓里黑亭子又得乌石溪之水来会，可溉田数十亩。""张家井、西母井，相传两井为石阜龙眼，大旱不竭，溉田数百亩。""六亩井，在石阜庄东北，溉田五百余亩。新安井，溉田数百亩。杨树井，在桥龙山下，溉田三千余亩。"

此外，有时因天旱而局部受灾，石阜村人创造性地发明了"扎义家澳"的方式来进行调剂。

义家澳，本没有澳，并没有固定的水

道。过去每到水稻种下后，如天久晴不雨，石阜的高大畈和奚家畈容易受旱，而村边的泉水龙口、下畈水澳则有水多余，村民就群起扎义家澳，把多余水拦向受害田畈。做法是把从泉水龙口及石罅泉之水流经的稻田田缺封起，并撒上新鲜黄泥，表示这个田缺任何人不得私自打开。这样，水就一直流向沈家庵下大澳，再分流到高大畈和奚家畈，以解旱情。一旦旱情解除，义家澳自动失去作用。

当然，除自流灌溉外，在大旱之年也有用龙骨水车提水抗旱的。

以前所谓的"靠天吃饭"，主要说的就是灌溉水源。为了抗旱，民间也发明了许多抗旱的农具，如龙骨水车就是最典型也最广泛使用的抗旱农具之一。

精耕细作

据 20 世纪 80 年代初的统计数据，石阜共有人口 3517 人，耕地 2545 亩，山 576 亩。其中石阜为耕地 554 亩、山 80 亩，石联耕地 442 亩、山 137 亩，石合耕地 489 亩、山 87 亩，石丰耕地 513 亩、山 249 亩，石五耕地 547 亩、山 25 亩。石阜地方因人多田少优质水田更少，所以一直都是靠精耕细作来提高产量。虽然现在很大程度上已经采用机械化的耕种方式，但在本节内容中仍然对传统水稻种植过程进行介绍，重点也并非介绍如何提高水稻种植产量，而是让读者更多地了解传统的耕种过程，以及这一过程中用到的一些农具和注意事项等，以加深对当地传统农业生产习俗的了解。

在水稻种植过程中，通常把种子萌发（浸种催芽）到水稻新的种子产生（收割）为水稻的一个生产周期，其生长期可分为幼苗期、返青期、分蘖期、长穗期、结实期。一般幼苗期在秧田已完成，移栽后缓苗成活的这段时间叫返青期，返青后就开始分蘖（有的在秧田已开始），然后开始拔节、长穗、灌浆、结粒等。下面就按其过程作一简单介绍。

浸种催芽 把选好的颗粒饱满的种子用水浸泡筛选，去除浮于水面的秕谷后，进行催芽。早稻（因气温较低，一般会用温水）浸种 8—10 小时，晚稻浸种 6—8 小时，清洗干净后日浸夜露，早稻用蓑衣覆盖以保温，晚稻则需注意防止高温"烧芽"。至谷种破胸发芽后，准备播种育秧。

整畦育秧 把越冬水田做成一米半左右宽度的畦块状，用秧耥整平（为保证整块秧田的平整，一般做秧田时会保留轮沟满水而轮背无水或稍有水，以利出秧苗后灌水深度均匀），把发芽的谷种按一定的密度撒播于秧畦上，用拖谷板轻巧拖压均匀入泥，并撒上稻谷灰作底肥。有谚语说"秧好稻好"，好的秧苗是水稻丰收的关键，所以农人十分重视育秧。在秧苗长高十来厘米时，苗龄一般为 20—25 天，就可以进行拔秧插秧了。

犁田插秧 插秧之前，必须先将稻田的土壤翻耕，使其松软，这个过程可分为犁、耙、耖三道工序，主要是用水牛来犁田。犁田主要是为了翻土，同时也使种土层下形成良好的防漏层，以利储水，所以有的山垅田会犁两次；耙是把犁田翻起的大块土破碎拖平，所以如是较硬土质，犁田人会站在耙具上以增加耙的重量而提高工作效率；耖是在耙的基础上把田泥进行合理搬运，使整块田的土进一步平整，以利插秧后均匀灌溉。当然整田过程中还有一些细节：如犁田前的开田角和斫田草，开田角就是把田边呈角状不利牛耕的区域用铁钯开垦；斫田草就是清理田块

四周的杂草，但规定外田埂可用锄头，里田埂只能用镰刀斫。犁田时拖托脚，就是把犁翻起的泥土拖到外田埂边，做起一道防漏层，同时也补充锄草时锄去的外田埂泥土。耖田时施底肥，以便于肥料均匀分布于泥土浅表层，利于水稻返青后及时吸收。拔秧是把秧苗从密集的秧田里拔起来再分散种成稻田。拔秧时一般会在秧田里灌满水以利清洗后搬运和分秧。如果需要长时间拔秧，就会用到秧凳，一种只有一只脚的凳子，坐着拔秧可降低劳动强度。插秧是将秧苗按一定数量和间距插进平整好的稻田中。传统的插秧法会使用秧绳、秧标或插秧轮，用来在稻田中做记号。开始种田称"开秧门"，种田结束称"关秧门"。

除草施肥 秧苗成长的时候，得时时照顾，并拔除杂草，有时也需用农药来除掉害虫。秧苗在抽高，长出第一节稻茎的时候称为分蘖期，这期间往往需要施肥，让稻苗健壮成长，并促进日后结穗米粒的饱满和数量。为田间水稻植株间除草，叫糊草或耘田，糊草是手工把田里的杂草拔除，耘田是通过来回拖动耘田耙使杂草离开泥土浮到水面。施肥则会用到料桶、料勺、栏肥架、畚箕、塞灰桶等。

灌排水　水稻生长比较倚赖这个程序，且不同的生长时期有不同的要求，大致如下。一是寸水返青。秧苗移栽活蔸后，稻田保持1—2寸深水层。移栽后遇低温，则白天灌浅水，晚上灌深水层。二是浅水促分蘖。水稻移栽返青后，浅灌1寸左右，并适度排水露田，有利于提高土壤温度，增加土壤通透性，健根壮体，早促分蘖。三是苗足晒田。待水稻进入分蘖末期，为了控制后期无效分蘖，及时放水晒田，一般采取多次露田和轻晒相结合的方法，施肥过多、稻苗生长过旺及泥脚深的田块重晒。四是有水孕穗、抽穗。幼穗分化前期复水至抽穗保持田间浅水层。五是干湿壮粒。抽穗后应采取干湿交替灌溉，结合多次晒田，以提高泥温，增加土壤透气性，从而使谷粒饱满。

收割干燥　当稻穗垂下，金黄饱满时，就可以开始收割，过去是一束一束用镰刀割下，利用手捧稻束拍打稻桶内壁（后来用脚踏打稻机和电动打稻机，现在用联合收割机）的方式使稻穗分离。一般为三人，拍打时中间一人和边上两人交替进行。打下来的谷子与稻草有混合，简单分离后用簸箩担挑到晒场晾晒，边晒边用簸扒分离出稻草，有的会在晾晒前用谷筛进行筛选，分离出来的稻草还带有稻穗和谷粒，则另行处理。晾晒农具是一种大席状竹编谷簟，一般长一丈半宽一丈，平时可卷起竖放于门背后。晾晒过程中用摊谷耙翻动谷物，以利均匀晾晒；收谷物时会用到扫帚和竹制畚斗，还用竹制簸箩盛装运输。

筛选储藏　筛选是将瘪谷等杂质去除，一般用风车，利用风力将谷物按不同比重的稻谷筛选出来。因此常会写上"激浊扬清""去伪存真"等字样。干燥饱满的谷物一般会用谷柜进行储藏，到时送到水碓（后来是加工厂）舂成米或粉。

捞纸致富

当地的纸在最初制作的时候多是用草等植物纤维提制的，所以叫草纸。用稻草等为原料生产的手工草纸，因为质地粗糙，在本地称毛纸。毛纸主要用作包装纸和卫生用纸，是人们日常生活中不可或缺的。明清时期，桐庐就有造纸县之称。民国二十五年出版的《中国建设》载：草纸制造为（桐庐）农业主要副业，有纸槽1173具，占浙江草纸槽10.28%。石阜村的草纸生产，据说开始于清朝康熙年间，至今已有三百多年历史。在相当长

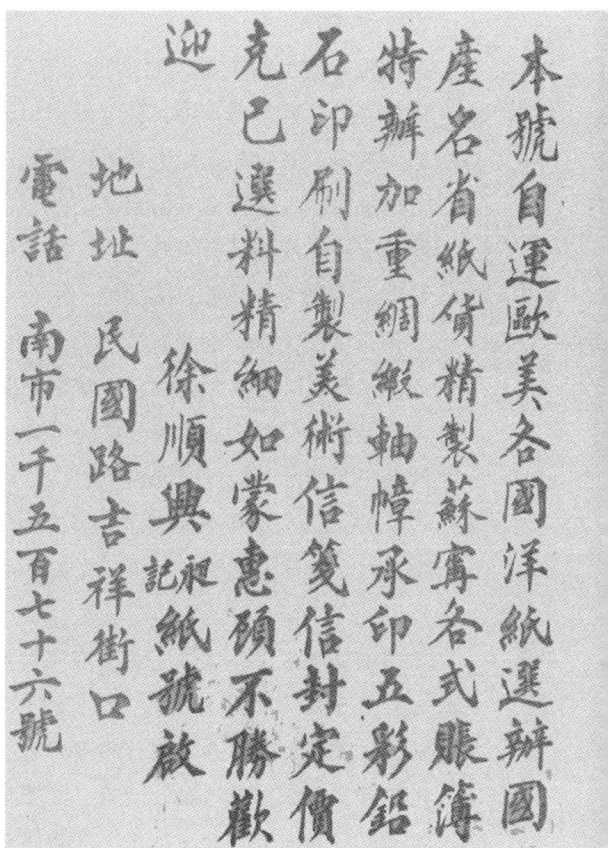

本號自運歐美各國洋紙選辦國產名省紙貨精製蘇寧各式賬簿特辦加重綢緞軸幛承印五彩鉛石印刷自製美術信箋信封定價克己選料精細如蒙惠顧不勝歡迎

徐順興祖記紙號啟

地址 民國路吉祥街口

電話 南市一千五百七十六號

的一个时期内，造纸业是石阜村百姓经济的主要来源。

石阜村的造纸业具有相当的规模，最鼎盛时期有10多个洗草塘，150多张纸槽，近1000户人家从业；中华人民共和国成立后，还有草屋头5处、料场5处、纸槽100多张。

草纸生产主要依赖于销售。石阜草纸的销售网络比较完善，生产的草纸盛销省内外，大部分用船运到杭州、海宁，转销嘉兴、湖州、上海及苏南、苏北等地，还曾一度垄断江浙沪市场，也因此而出现了很多富有的毛纸商人。村中有许多堂楼房就是在那时建成的。

为方便运输贸易，清雍正元年（1723），石阜村人方成霖还特意筹资建造窄溪大埠，并立碑记事。民国初年，去上海做生意的人较多，有一些人由毛纸而拓展到废纸，过去叫洋纸生意。在村民家中，就保存有一份当年的纸号广告。据调查，那时去上海现已定居上海的就有100多户。抗日战争期间，交通封锁，运销困难，纸槽十停八九。抗战胜利后，土纸曾一度复苏，但因物价动荡，生产锐减。直到解放后，政府重视扶持土纸生产，疏通渠道，组织联购，扩大推销，才重新兴盛。1960年后，土纸列为二类产品，实行派购，大部分按省定计划调拨上海及江苏。1983年改为三类产品，实行市场调节。

关于石阜方氏多次修建窄溪埠的事迹，可从王景韶《重建窄溪大埠记》一见端倪，特录全文如下：

桐江之东，距城三十里，有市曰窄溪。市之北临江有埠，以大埠名于前清之雍正元年，石阜义士方成霖之善举也。闻设埠以前，江流荡激，沙岸崩剥，街亭以外，皆为港地，风至尘起，雨过泥泞，往来殊苦不便。厥后，义士慨解捐囊，独成此坝，基脚深固，规模宏大，既便陟降，复固堤防，邑令郎公嘉其善举，曾给碑记，以旌其功。今碑记已失其文，不复可考，然其事其人载桐庐志书，可按而稽
也。嘉庆十九年，埠
石渐圮，赖当地商民
为之修理，得以保
存。所刊修埠碑文，
今犹在埠，亦称系自
石阜方姓建筑，可见
首义之功虽久不忘。
民国纪元后，埠毁洪
水，非补苴所能为功。方姓绅民克承先志，于民国四年酌拨祠
款，从事重建。效力此役者，皆该族子弟，下运石，日役数十百
人，炎夏兴工，汗淋如雨，曾未给以薪食，莫不踊跃从公。道旁
观者咸啧啧称叹焉。时有石泉吴君润卿，亦好义士也，为劝本埠
商家集百余金，以襄盛举。大功垂就，余将以卸篆去，因方姓请
留一言用为纪念。余嘉其能孝且义也，爰总颠末而为之记云。

王景韶，字晋笙，海宁人，清廪贡。浙江高等学校毕业。民
国三年七月接童士骧任桐庐县知事，民国四年八月由颜士晋继

任。他写的这篇记，较完整地再现了石阜方氏建埠与修埠的基本情况。

做草纸因男女老少都可参与，且晴天雨天都有事可做，所以在村中普及程度很高。但因为生产草纸获利甚微，只图工本，被村民称为"腊肉骨头"，也就是"鸡肋"的意思。20 世纪 90 年代后，随着别地方机器草纸的兴起，本地手工草纸生产逐渐式微至消亡，目前已不复存在。只有从部分仅存的捞纸槽遗址，才能看出当年的景象。

草纸生产流程有十多道工序。收割水稻后的缚草、晒草、堆草，算是前期工作。接下去的做草开始，就进入了专门的草纸生产工序。具体地说，是用晒干的新鲜稻草盘散踏软后放入特制的腌草塘里用石灰水腌，铺一层稻草洒一次水，再加上一层新鲜石灰，层层加腌；腌到一定程度后，再用专门的二指耙拖上来堆起再腌；等稻草开始腐烂，再耙开，到踏草塘里用牛踏，一直到糊状；然后再把糊状草浆装入专制布袋到洗草塘里清洗。洗草不仅费力，还需要有一定技术，需要在布袋中灌入一定的空气，用洗草耙前端伸入布袋中，再把布袋扎好。洗草耙是竹竿前端装一块直径三四十厘米的馒头状木板，为了便于在水中推搡过程中充分搅拌袋中的草料，以利清洗。洗清后就只留下草纤维了，在袋中榨干成汽车轮胎状扁圆形草团；再将洗好的草团搬入纸槽，注入清水打糊，略沉淀后，用竹簾捞成一次并列四张（或三张）的水浆纸，细细堆积在特制的千斤架上，积成一定高度后，用千斤架榨干；再用挑纸担挑到扦纸人家。放上扦纸架扦纸，把榨干的水浆纸一层层扦开，每 5 张或 4 张为一和再整齐叠起；然后晾干；再一张张撕开，再按不同规格把一张张的纸笃整齐；再由专人在特制的纸刨床上用铁刨刨平齐后，制作出线条，再用竹篾捆绑，并盖上印记。这样才成为真正的成品，可以交卖纸客人或供销社出售。撕纸过程中产生的破损残缺的纸可以自用。整个生产过程中，生石灰是唯一用到的添加剂，其用量为草量的 25%，主要作用是加速稻草腐烂，只留下植物纤维，成为草纸的正料。

所以归纳一下，专门的草纸生产工序，按先后顺序有做草——盘草——腌草——发酵——翻料——踏草——洗料——捞纸——扦纸——晒纸——撕纸——笃纸——刨纸等。这十多道工序中，除盘草踏草可借助牛力外，其余全靠人力手工完成。如前所说，洗草是气力活加技术活，一般都由正劳力完成；捞纸是技术活加辛苦活，一站就是一天不说，冬天手在冰冷的水里浸泡长满冻疮，夏天手在水中浸泡久了就会霉烂，一般以年轻姑娘为主；扦纸是细致活，好在可以在家里做，因此以中老年妇女居多。

草纸的主要规格：

品 名	单 位	主要规格			等级
		长宽（市尺）	重量（市斤）	纸张数量	
坑边	块	0.64×0.65	11—15	12 刀 每 刀 90 张共计 1080 张	1-8
民槽	块	0.64×0.65	10—12	10 刀 每 刀 25 和每 和 4 张 共计 1000 张	1-5
三顶	块	0.85×0.85	16—18.5	240 和 每 和 3 张共计 720 张	1-5

草纸的参考价格：

抗战以前，物价比较稳定，草纸销售也比较正常。据调查，四级坑边纸每块 0.645 元，折算成大米为 11.3125 市斤；民槽每块 0.53 元，折算大米 9.75 市斤。解放前夕粮价飞涨，一块坑边纸只能换二三斤大米。解放后，供销社为国营公司代购，坑边纸价格提高到每块可换大米 6 斤，后又作过几次调整，价格逐渐上浮。

传统祭祀

　　我们江南一带，在一些特定的节日，有一些祭神拜祖的传统习惯，相关内容在第一章的"节日乡风"及"民俗礼仪"中已有介绍。其中的祭祖，虽大多是村民以家庭为单位进行，属于"个人行为"，但也是大家约定俗成并共同遵守。据县志"风土类""风俗"载：祭，春秋合祭，春用花朝，秋用重阳。新谷时，物必荐而后食，吉礼嫁娶，必告而后行。祖先冥寿筵，宗党咸盛服助祭，俨如在生之日。至于忌辰，虽久，子孙于是日亦不茹荤。但建祠堂者不过数家，余惟就祭中堂而已。

　　春祭在二月十五，俗称花朝，相传由这一天的晴雨天气可以预测

百花的开放与鲜艳程度。同时这一天也有准备猪羊等物品祭祖先的，之所以采用这一天，想来就是古时候所谓雨露之思吧。秋祭在重阳九月初九，即古霜露之思。

除此之外，还有一些大型的群体性祭神活动，需要由全族甚至全村人共同参与。这些活动，开始主要是为了庆祝丰收，或祈求平安，后来，祭祀的神秘性虽然仍有保留，但逐渐淡化，娱乐性逐渐增强，慢慢由祭祀活动向娱乐活动演变。石阜村流传下来的祭神活动主要有迎社火、抬菩萨、舞龙灯、跳狮子、坐献轿等。

传统迎社火起源于何时，已无从考证。农村时节，则是源于社日。石阜立庙祭社神（土地菩萨），与闹元宵同时进行，从正月十一迎灯、十四供羊、十五闹元宵、十六落灯，规模宏大。全村空巷，盛况空前。龙灯、狮子游村，先朝庙，后朝宗，鼓乐喧天，家家门口都设香案迎接，以求人畜平安，五谷丰登。闹元宵由各社轮流当值，雇戏班演社戏，十五夜还演天亮戏（一直演到天亮），神龛前供奉供猪、供羊、鸡鸭、鱼肉、山珍海味等各式供品，仅供猪一项就可多达二十余头，从里到外摆放，多时一直摆放到庙门之外。供猪都是大猪屠宰出白后放在专门的供架上，口含文旦，背插锦旗，很是好看；供羊只用一头，打扮与供猪相同。庙内张灯结彩，鼓乐齐鸣，昼放鞭炮，夜燃焰火，神前卜问者众多，问农事年岁，祈求人畜平安，破费之巨，甚于过年。

迎灯仪仗：先开锣数对，后各色彩旗、旗锣凉伞、高脚灯、匾灯上写"青龙吉庆""青狮吉庆"、梅花锣鼓。龙珠领先，狮子在前，龙灯在后，龙尾后有双人抬大鼓；后又梅花锣鼓、响炮篮，响炮篮越多越有气派；最后是铜铁铳，多达百人。每到一地，先盘龙，后放铳。

抬菩萨：石阜村可抬的菩萨有值日功曹、关圣大帝、圣帝菩萨、土地老爷、甘泉明王等。这些菩萨平时供奉在阜成庙中，遇到特定的日子就会被热热闹闹地抬出来游村，接受村民的瞻仰和祭拜。抬菩萨的人，头天晚上就需沐浴更衣，心诚致志。菩萨前有"肃静""回避"匾牌，后有章扇，其他仪仗与迎灯相同。

龙灯：石阜龙灯与别处有所不同，名叫狮毛龙，龙头顶上有蓑衣凉帽，下挂一个三只脚的公公。龙身是青背白肚皮，表示青龙吉庆，吉祥如意。还有四只龙爪上各用五爪，表示五爪金龙。龙身长度不限，装饰华美。多的达七十节，150多米。龙灯于正月初九在神塘井出山，仪式非常讲究，设香烛祭坛，取神塘井最清洁的水，由村里德高望重者为龙点睛开眼，鸣炮后再上庙敬神，然后方可到各地活动。

狮子：石阜狮子不用绣球，而用响车两把，引狮翻滚。在舞狮前抛车表演的方法已失传，需重新挖掘整理。狮子的出山仪式在正月初十到眠犬山举行，仪式与青龙出山大同小异，但在紧接着有舞狮表演，需表现出狮子既威猛又温顺的神态，有抓痒、舔毛、打滚、梳毛等动作，形态逼真。

坐献轿：为石阜村独有。迎灯时由当值的殷实人家把八至十二岁小男孩打扮漂亮后坐轿游村，轿前必放甘泉明王之签筒、皇印、宝剑、笔架及文房四宝等。献轿有四轿八轿不等。前献轿，后菩萨。

（本节资料由方庆庭提供）

双狮庆丰

　　闹元宵跳狮子，与舞龙灯、跳竹马等一样，是为了庆祝丰收，祈求新年吉祥如意，求来年风调雨顺，大吉大利。传说狮子是吉祥物之一，能辟邪驱恶，有庄严、富贵之象征意义。

　　据传，石合双狮起源于宋朝时期，盛行于前清时期。

　　旧时，下石阜有五个保，在每年的正月里，每个保都有社火闹元宵的习俗。周边其他村子里有龙灯、竹马等表演，石合民间艺人也不肯落后。因为狮子象征着官居太师、少师的高位，永远享受荣华富贵；青毛狮子又是狮子中稀有珍贵的品种，所以石合就选择了跳青毛狮子。

·开始时只有青狮一只，活动人员 30 余人。石合的青毛狮子在正月里选择逢双

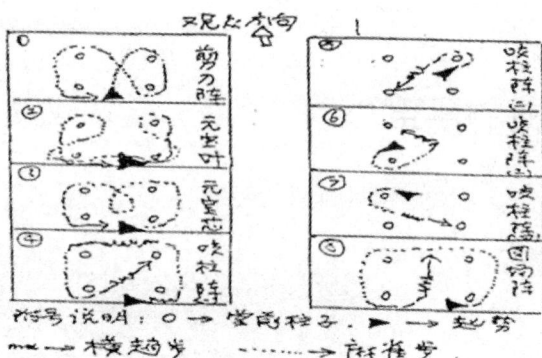

（初六或初八）出山，先在本村表演，然后到外村，最远到横村、七里泷，甚至钟山等地，一直到正月十七上山结束。

1945 年，为庆祝抗战胜利，村里制作过 2 只青狮进行表演。此后便基本停止了表演活动。直到 20 世纪 80 年代初，由方善鳌、方绍均等人带头组织，制作并恢复了石合双狮，春节期间分别到邻近村进行巡回表演，1985、1986、1990 年还参加了桐庐县闹元宵和第二届华夏中药节的活动。

石合青毛狮子的结构特征与其他地方的狮子大同小异，最大的特点是石合青毛狮子的制作就地取材，利用附近山崖上的狮毛草（凤凰草）连结编成，然后固定在布上作为狮皮，其颜色为绿色，装点古朴雅丽，保持原本本色，故称为青毛狮子。它的头部扎有大小不等的 300 只杨梅球，杨梅球全部采用彩色卡丝棉自己制作。

石合双狮的列队阵容为开锣 3 副 6 人，旗队 20 人，2 副小锣鼓 21 人，跳狮子 2 只 30 人，神铳队 30 人，跑龙套 10 人，合计117 人。

跳狮者围腰巾，服装为黄色对襟布衫、白色鞋子，球鞋足趾上加五只狮爪。跳云头者一般为儿童，黄色的便衣灯笼裤、头戴

120

杨梅球头套。乐队服装同跳云头者一样，头上围黄色头巾。

　　石合双狮表演虽然没有固定不变的阵式，一般都由舞狮者根据表演场地进行临场发挥，但行走步法是规定的横行马步。同时，为了表演的观赏性和表演者之间配合更默契，还是具有一些常用的基本阵法，如"剪刀阵"(或称8字阵)呈8字形穿插，"元宝叶阵"是呈两个小8字连接，其他还有元宝芯阵、咬柱阵、圆场阵等，特别是在大的堂楼屋里表演，就会经常性地采用一些基本阵法，如前图所示。这样的表演既灵活，又好看。

　　石合双狮表演所用音乐主要是《普天乐》，表演时间一般为30分钟左右。

方氏家训

　　家训，又称家规、家教、家诫、家仪等，不仅指一个家庭的规矩，也是一个家族的传统。中国古代最著名者数《朱子家训》。这是一个家族教育后代立身处世之道德读本。作为一种文化形态，它蕴藏着强制性、约束性和训诫性等特点。

　　"知今宜鉴古，无古不成今。"中国是一个具有五千年光辉历史的文明古国，并且以重视"家训"或"家教"著称于世。有道是"欲治其国者，先齐其家"，此乃中国社会自古以来的传统。如何治理家族，使子孙后代世守家业，一传再传而不衰败，成为家族之大事要事。

　　好的家训是一本最好的教科书，它能教会人们如何做人，如何做一个立志成才的人，做一个有作为的人，做一个愿为社会奉

献的人。这些好的家训，犹如黑夜里指明航程的灯塔，使人们顺利到达胜利的彼岸；好比一剂良药处方，在漫长的人类历史长河中，帮助疗救创伤，做到有病医病，无病预防，使人们健康成长；还好似一盆永不熄灭的炭火，有了它，不但能使自己驱寒，而且还能给他人带去温暖。重温先辈家训之精华，合理吸取丰富的家教经验，对弘扬民族文化，丰富人们的精神世界，不断增强人们的精神力量，教育和塑造一代新人，有着十分重要的意义。给子孙后代留金钱不如留良言，良言既是精神财富，又能创造物质财富。

方氏族人历来重视家族组织，并用家规家训处理家族一应大小事务、规范家族成员言行举止、协调家族内外关系。因此与家族成员日常生活息息相关，即使是以家庭生活圈为主的旧社会家眷女性，也都能从祖传口授等途径熟知本族之家规，并循规蹈矩地遵循着。

为使今人了解方氏家训族规，特据《孝友堂方氏本文公家谱》辑录方氏家训，从家族的高度着眼，对个人的修为予以规范，虽以"修身"为引领和出发点，实以"齐家"为目的和归宿，对方氏族人谆谆告诫，即使今日视之，仍富教育意义。

训曰：

修身也、敬天地、奉祖先、孝父母、和兄弟、正夫妇、教弟子、立家法、亲宗族、慎交友、戒邪淫、勤职业、崇简朴、敦诗书、优奖励、严惩戒、慎冠婚、重丧葬、全节孝。

释文为：

修身也 人生无穷事业，全凭本身实行。孔子曰：大学之道，自身为本；孟子曰：事亲之道，守身为大。人重天理良心。房屋、衣服、饮食、男女四事，君臣、父子、兄弟、夫妇、朋友五伦，处处不昧良心，念念不悖天理，时时改过迁喜，久久反身自恭,不负天地父母生成之意。

敬天地 世人说,天地高远,神明恍惚,纵心妄为,灾祸随用。人不知天地万物者,犹如不知父母在天地气化之中,亦如子女不知在母腹中一呼一吸,息息相通。凡人都要处心积虑驱恶从善,常怕得罪天地神明,才是天地良民,天地亦必然加福于尔。

奉祖先 在父母之前,有本身所及见者,有本身所不及见者。家龛早晚烧香,坟墓春秋祭扫。必诚必敬,固已尤紧要者,多积阴德,以资冥福。盖先祖与我一气,我之德为圣人,则造福亦为圣人矣。故曰:惟孝子为能飨亲。

孝父母 孝字难言,只要把父母时刻记在心上,怕父母不安,怕做错事连累父母。多存善心,多做好事,如小孩子一般,心中不离父母一刻便好。

和兄弟 为兄者要爱弟,为弟者要敬兄,不要乱说话,不说你是我非,只想父母爱子女如十指,个个皆疼。能忍能让,不讲钱,不吵嘴,不听他人刁唆,便是好兄弟大孝子。

正夫妇 人伦之本,万化之源,唯和而利。若和,则情欲本徇;不和,则乖戾百出。不正其纲常,枉辱其贤配。古有别传言:相敬如宾。俗云:上床夫妻,下床君子。易曰:男正乎外,女正乎内。

教子弟 子弟七八岁,便读书习字,学恭敬,学劳苦,不闻邪语,不做邪事;自十四五岁,更加防闲,人生正邪,自此而定,父母最当教戒之,教之以宽厚仁慈,谦让恭逊,日日知非,日日改过,父母正身作则,又选明师熏陶,久而久之,自然成习惯。

严家法 家不论富贵贫贱,为父母者必先言行动静,以规矩严肃。凡男女年过十岁,即教以别嫌。不轻笑,不妄言。择婿配偶,必求忠厚仁慈、礼仪书香之家。不可以势利而论富贵。

亲宗族 人有宗族不和,每由富者多欲、贫者多求而起。积久隙深，遂后诟谇。世风硗薄，莫此为甚。我辈接待宗亲，当以范文正公为法，纵未能广置田产，居心当自十分仁厚。

慎交友 朋友乃五伦之一，以父子、兄弟、夫妇间有不合宜处，朋友可从中调停，故少不得。然要择其人心地光明、品行端正者方可与之交友，否则，误入痞匪，终为祸害。古今败于燕朋者甚多，不可不慎。

戒邪淫 色欲二字，是人身血自带。然，人别于禽兽，则因禽兽不知礼义，胡乱交配。人乃天地之心，圣人制下夫妇，为上承祖宗，下延子孙。不是夫妇，断断不可妄想妄为。古人云：朋友妻，不可欺。

勤职业 士农工商，行医卜相，皆为职业。既可得利于生活，而又不怀心术。每见富家子弟习为宴席，一旦落魄无有职业，则卑污苟贱之事皆为之，此乃前人贻谋未善之故也。家有弟子，因材施教，量力授业，必令练习，无稍怠惰，勤安其业。

崇简朴 天地生财，每日有数。必令量入而敷出，否则财源立涸。居老养身要丰美，其余则皆宜简朴。然，俭与吝不同，若错认丰吝而拔一毛则利天下亦不为，则非简朴矣。

敦诗书　子孙智慧，经书不可不读。做人道理，尽在书中六经。诸子一时未能贯穿身体，四书便好体贴得法，不难变化气质入声。富家子弟要读书，家贫不能够十年寒窗求功名，也要读几年三字经千字文，晓得些日常人伦道理。

优奖励　盖子弟读书，非为功名。但功名由读书而来。光耀祖宗此为紧要。无论文生武监，族人俱应相帮资助，以示鼓励。

严惩戒　凡有子弟不可姑息，不读必耕，人必有一定职业，如其怠惰，必以惩戒。至于行动，要教其敬老慈幼。若不尊老敬长，上辱长辈或经卑凌尊，以贵凌贱，定以家仪惩戒之，以不失我宗正学之风。

慎冠婚　男女居室，人之大伦。男必以根正而匹配，宴勿过丰满；女必择贤正而适之，奁勿过丰厚。男有家，女有室，闲之以义便好。

重丧礼　子路曰：吾闻诸夫子丧礼，以其哀不足，而礼有余也。丧祭皆为大礼。居丧办葬祭祀，要视家之有无，不可粉饰虚华，只要有衣衾棺木肴馔美汤，哀哀尽心则为妥慰。

全节孝　忠孝即义本，人生分内事。何须奖励而后为？但富贵者可持，贫者难堪。凡族中孤儿寡母，家窘贫困者，务必观顾其而全节孝。

南乡时节

　　旧时，桐庐乡间以一村或数村立庙祭祀社神（土地菩萨），一年两祭，即春社和秋社。春社在春耕之前，有的和闹元宵同行，各村轮值，张灯结彩，设供演戏。春社完成后作春福，祈求村民平安，五谷丰登。解放后，祀神活动废除，春社基本不行，只有在横村三月初八、旧县三月廿八改为集市形式保留。秋后酬神，自石阜农历八月初一始，到横山埠十一月二十止，中间有凤川十月十一、珠山梧村青源十月十八、荻浦深澳徐畈环溪十月廿一等为大村时节，各村时间不一。因主要集中在富春江以南以原窄溪地区为主要区域的范围内盛行，并向东延伸到临近的富阳东图附近，所以统称"南乡时节"，在县内影响较大。在所有南乡

时节中，石阜村的八月初一最早，所以也最引人关注。

关于石阜村民的热情好客，那是出了名的，单从他们过时节都会宰牛这一隆重的做法就可看出村民对这一日子的重视。关于时节日子的选定，民间有多种说法，似乎都不足以说服意见相左者，在此也不作定论。但有一点倒是可以确定的，那就是方便宴请及留客，体现了石阜人民的好客和热情。因为时到农历八月初一，中稻已收割到家，在那粮食相对紧张的年代，家有粮食，心中不慌，就可以请亲朋好友上门来了。同时，石阜为江南大村，人多而耕地紧张，所以百姓的居住条件相对有限，这从现存的旧时村景民居布置仍可看出。为方便留宿客人，八月初一天气未寒，晚上在堂前地上铺上凉席甚至谷簟（晒谷物等用的竹编大席），就可将就。所以选定这个日子，同时解决了吃住两大生活难题，充分满足了村民好客的愿望。至于为什么不是热天的别的日子，主要是下半年从七月始，但农村说法七月无好日子，不宜定为重大喜庆节日，且农忙时节也无闲暇；那只有八月，于是八月初一就成了第一个好日子。

解放后，迎神祭祀等传统形式逐渐淡化，走亲访友物资交流等形式得以保存，并成为好友间联络感情的重要平台。如今过时节，戏不常演，电影、球赛等文体活动和设摊售货的场面非常盛行。各家不论有无喜庆，都宾客盈门，筵席相替，破费之巨，甚于过年。家中人口遇有逢十做寿的则亲朋好友上门送礼祝贺，更是热闹非凡。自提倡"淡化时节，文明过节"以来，铺张浪费之风得到控制，文明之风盛行，"逢十"的同龄人自行集资进行放电影做同年戏或做其他公益事业，受人称赞。

现实的情形是，自石阜的八月初一开始，周边开始陆陆续续有村子过时节，石阜成了带头者，是南乡时节第一村。因此每年的这一个时节就特别热闹。

现在的南乡时节，已作为桐庐县非物质文化遗产项目进行开发和保护，对其蕴含的积极文化内容予以传承和弘扬。我们有理由说，石阜的八月初一过时节，是南乡时节的一个风向标，从八月初一这一天，就可看出江南人民生活甚至桐庐经济社会发展的水平，同时也体现着村民的文化追求和价值取向。所以，石阜村的八月初一过时节，从某种意义上可以说是桐庐江南地方文化的一个缩影和窗口。

风味小吃

　　民以食为天，舌尖上的美味，体现了一地物质文化生活的富庶，也反映了村民向往和追求美好生活的积极态度，同时也形成了一种习俗，成为地方文化的重要组成部分。

　　石阜当地美味小吃颇多，这里择要作简单介绍。

　　糊麦馃　一种干面食品，形状如锅，热时轻薄松脆，凉后柔韧有嚼劲。一般单张卷着吃，也有多张叠加卷着吃的，也可烘干食用。可夹菜卷食，也可蘸羹食用。除特有的麦香外，还有油香和菜香，味道独特。因食用、保存、携带方便，为当地村民上山或下地时常带食物。

　　做法：把新麦磨的粉，加适量水搅拌成稠糊状，醒半小时左右，用麦草纠烧热锅，用少许菜油擦拭以防粘锅后，便取适量糊状粉用锅铲在锅中自锅底螺旋式向上均匀分摊，以上口摊平齐、整张薄而均匀、

无焦软破损为好，需同时掌握锅子热度均匀及灶台火候。等与锅基本分离时即为熟，加少量油、盐、葱花后即可起锅食用，也有加摊鸡蛋等辅料的。

馒头 一种干面食品，松软柔韧而略带甜味，以形状饱满规整富弹性为佳。可蒸可煎，也可夹肉菜而食，"油沸馒头夹臭豆腐"为本地颇具特色的风味小吃。馒头因形状膨松而寓意发福，意含吉祥，为本地红白寿宴等较大筵席的必备辅食，也常作回礼之用。

做法：一般由专门的馒头加工作坊批量制作。大致工序流程为：拌粉——发酵——制作——上笼——热蒸——起笼。其拌粉所加酵母很有讲究，直接影响馒头发酵程度及口味，常采用自制甜酒酿，往往会有独特的配方。其蒸灶也是特制专用，常用锯末为燃料，起笼时机也需老师傅方能熟练掌握。

油戟 一种干面油炸食品，口感松脆香糯，以前常于七月半前食用，现在常年均有。为本地一特色零食。

做法：面粉加水加发粉（酵母，以前用食用碱，后一般用小苏打）搅拌后，用擀面杖擀成薄饼状，再分切成菱形小块，每块中间点孔，把菱形粉片一尖角穿过小孔后翻折成形，然后到油锅里

煎炸成金黄色，冷却后即可食用。为丰富口感，有的会在拌粉时加入适量芝麻或鸡蛋，一般都会加少量糖或盐。

油糸馃 一种油炸面食。形状呈倒置圆台形，色泽金黄，内有多种不同口味的菜馅。食用时外松里嫩，菜香油香扑鼻。为本地特色小吃。

做法：按口味制作好菜馅备用，要求干湿适中，无大块，易于咀嚼。面粉加水搅拌成稀糊状；用小勺舀入特制的油糸馃提子，稍浅即可；把油糸馃提子置油锅里烫（注意不可让油漫过提子），使面糊在提子壁上粘结成碗状，然后把里面多余的面糊倒回；在提子内碗状里填加菜馅并稍按实，再加上一层面糊；糸入沸油中；待面上呈金黄色即可；把做好的油糸馃倒入容器中，冷却后即可食用。一般会准备两三个提子，轮流使用，以减少等待时间，提高制作效率。

麻糍 本地传统麻糍一般为菱形，以糯米和芝麻为主要原料，口感柔韧糯甜。以前主要用于建房结檐时的吉利食品，现一年四季均有制作。

做法：把芝麻与白糖的混合物碾压成粉状备用。用糯米做成湿饭，然后在石臼中夯打，等基本看不出饭粒状后，再按压成约半厘米厚饼状，再

切割成菱形或方形，沾芝麻粉后即可食用。也有为降低劳动强度而用糯米粉蒸后直接按压成饼状的。本地一般不用此法。

木莲豆腐　一种夏季消暑食品，色泽莹润，口感爽滑，消暑解渴。以前用薄荷粉凉化，现在冷藏即可。

做法：将适量木莲子装在纱布袋子（用于过滤）里，泡在一定比例的清水里约10分钟，然后反复揉搓，直至将袋子里的木莲汁完全揉搓出来，清水变的浓稠；把野藕粉在小碗水里溶解，然后倒入浓稠的木莲水中，使其充分混合，放冰箱冷藏；食用时用勺子舀取，尽量减少搅拌，每取一碗都要一次性的取出，这样对剩下的木莲豆腐不会有影响。然后按各人的口味喜好添加配料后即可食用。

蒸糯　一种以米粉为主要原料的带馅节日食品，形状美观，或圆冠形或圆饼形，糯皮柔韧，馅菜多变，耐饥而易于储存，口感可据食者喜好而选择，为重要节日必备食品。

做法：先按口味做好菜馅（也可甜食豆沙等）备用，如需存放，则不宜加入易变质的菜类如蔬菜；如喜欢多汁，可适当加入猪油。把晚粳米或籼米加适量糯米加工成粉，待水烧开后边搅拌边加入，稍

焖熟后成团状起锅（如产生锅巴，不可混入粉团，可留待下一锅直接放水中使其融化），揉搓使之柔韧。揉成条状后摘下鸡蛋大小团块，继续搓揉，然后捏成球冠状，在中空部位加入菜馅，留出部分收口封闭，把菜馅完整包入，放入蒸笼；待笼满（一笼内不能重叠）蒸熟，便可食用。一般制作时因数量较多而放于团箕待蒸，更会邀请邻居好友帮忙集体制作。蒸的过程中如在水里加入少量油，可以使蒸糯表面更加光亮。如果收口封闭后再放入印板模里压实，则表面呈现不同模板的各式花纹，或寿桃，或双喜，或团花，很是美观。

冻米糖　一种片状膨化食品。口感松脆香甜，以糯米蒸熟晾干热炒膨化成炒米为主要原料，再加以饴糖（以甘薯和麦芽煎熬而成）粘合的绿色食品，无任何添加剂。

做法：把饴糖放锅内加热熬开成稀稠状，倒入炒米搅拌，饴糖冷却后逐渐板结，移入木范中压实成形，先切割成条状再切成片状后即方便食用。保存时宜把容器密封以防潮软化。

常用器具

　　农耕用具是农耕文化的形象符号，是人类在生产生活等社会实践中逐渐形成的，是人类改造自然的智慧结晶。农耕用具以其用途可分为生产工具、生活用具和运输器具三大类。

　　桐庐江南一带民间传统的运输器具不多，主要靠肩挑背扛，到现代才有独轮车被较普遍使用，双轮车更是随着拖拉机等现代运输机器的使用而道路加宽后才被广泛运用，因此，与古代运输有关的器具主要限于扁担、抬杠、踩柱，以及附属于这些的绳索箍等简单原始的工具，在此不作详细介绍。这里主要介绍的是农业生产、生活用具，因为它们涉及面很大，种类较多，广泛应用于农业生产和人们的日常生活。它们满足当时社会生产和生活的需求，对发展生产、便利生活，促进社会进步、推进文明进程，起到了积极的作用，是人类物质文明的产物。但是，随着社会的进步，生产力不断提高，生产生活工具不断更新，许多传统用具已失去了实用功能，并逐渐远离人们的生活。

这些农耕工具或日常用具看似普通，其实它们实用性与美观性相兼，形制尺寸和部件比例协调，材质选择、造型样式与功能体现达到完美统一。它们体现着我们先人的创造精神和审美意趣，展现了改造自然的无穷智慧，呈现了精湛的制作工艺，反映了农耕时代的田园生活。并且，因为它们日渐淡出我们的视线，更成为了农村的一种集体记忆。

为体现本地耕阜文化特质，保存传统农耕文明精髓，也让后来的人们记住乡愁有一种媒介和载体，在此特对当地曾经广泛使用的农耕工具和日常用具择要介绍。以期通过这样的方式，让优秀的传统技艺成果和优秀历史文化遗产不断绽放光彩，并增强保护、挖掘、传承优秀历史文化的意识。

为便于介绍，这里并没有按照材料或用途等统一的标准进行分类，而是尊重当地人们的日常生产生活习惯，对生产生活用具进行分类。标准虽不统一，但符合生活习惯。

木制生活用具　木制生活用具也称木器，是指以木材为主要原料，通过锯、劈、刨、凿、雕等工艺，以榫、铆、箍等手段进行拼装组合而成的用具，由木匠或箍桶匠专业制作。木器是人类长期以来广泛使用的器具，是数千年农耕传统文化的又一实物见证。它造型古拙、装饰自然，简单实用又不失艺术美感，令人赞叹不已。

用原木制作的生活用具在农家最多也最普遍，形制各异。按其形状分为方作和圆作；按其主要功能区分，常见的方作有床、柜、箱、桌、凳等，圆作有桶、盆、仓、盖等。按其具体用途区分，又可细化。如床有单人床、双人床、架子床、板床、雕花床等；桌有圆桌、方桌、长桌，圆桌有独立金鸡、小圆桌、大圆桌、半圆桌；方桌有八仙桌、四仙桌、小方桌，长桌有两斗桌、条桌、案桌、写字台等；盆桶类有脚盆、面盆、供盆，蒸桶、饭桶、水桶、米桶、马桶、料桶等。

竹制生活用具 竹制生活用具也称竹器或篾器，是用竹为主材制作的家具或编制的日常用具，是当地民间常用的生活用品，由竹匠或篾匠专业制作。编制工艺上以粗编、细编、空编、实编交织互用，不仅具有很大的实用价值，更体现高超的美术工艺。竹制生活用具工艺精美细巧，具有浓郁的地方特色。特别是竹编用具，品类繁多，造型上高低扁平各臻其美，圆形、方形、椭圆形、束腰形、多角形、元宝形、马头形竞放异彩。除日常家用的竹床、竹椅、竹柜、竹箱、竹篮、篾箩、竹篰外，最有代表性的作品为用作嫁妆的竹编器具，图案精巧细致，用竹子本身和染色的竹篾编制，色彩朴素强烈，有八盘花、十二盘花、二十四盘花之分，大都是表现喜庆吉祥的纹样。一套竹编嫁妆主要有：果子

笸一对，小篾笸一对，茶篮一只，火焙大小各一只，缁箜一只，鞋匾大小各一只，烘篮一只，果子篮一只，女红篮一只……这些器具都是日常生活中必备的用具，又因是嫁妆，所以制作特别精细，很多都以细篾丝错花编织，具有很高的工艺价值。

农耕生产用具　这里所说的农耕用具主要是围绕当地的水稻小麦种植用到的农具，从整田的犁耙耖，到灌溉用的水车，施肥用的灰桶肥桶，除草的耘田耙锄头铁钯，再到收割用的稻桶打稻机，晒谷用的簟、摊谷耙，收藏用的篾笸谷笸谷柜等，应有尽有。

犁、耙、耖　套牛犁地的主要工具。犁的组成有扶手（犁梢）、犁辕、犁铧（包括铧面和铧尖，安装在犁上用来破土的铁片，套在犁尖上）、千斤板（用于调节犁铧吃土深浅）、犁底（用于安装犁铧）、轭绊（安在犁辕前端拴套绳用）、轭头（弧形，在额头两端拴上套绳挂在牛的后脖上拉动犁铧翻地）。

在农村，机械化触及不到的地方用于翻土的耕作工具。犁可以说是人类自新石器时代开始就使用的农具。考古学家认为，木犁是由呈杈形的树枝发展而成的。木犁的犁铧初为木质，到新石器时代出现石铧；铁质工具出现后，铁铧木犁随之广泛使用。本地从事农业生产，在大量使用拖拉机耕作前，大多使用铁铧木犁。20世纪80年代后，平原多以机耕，山区小面积农田尚有少量使用。

耙和耖是破碎土块和平整土地的农具。用牛把地犁过后，先用耙把土块弄碎，再用耖把土耖平，以利于种植作物，特别是便于灌溉培育。

水车 重要的提水工具。主要结构有车筒、车轴、链轮龙骨和车叶板。分脚踏水车和手摇水车两种。利用木板做一长槽为车身，长二丈，或按需制作；宽则没有固定的尺寸，有的四寸，有的七寸，一般脚踏水车稍宽，手摇水车则稍窄；高则约一尺。车身长槽中架有行道板一条，宽度略窄于长槽的宽度，长度比长槽的两端各短一尺，行道板的上下通周都系有龙骨板；车头尾两处放置大、小两轮轴，大轮轴置于岸上为动力轴，小轮轴一端放于

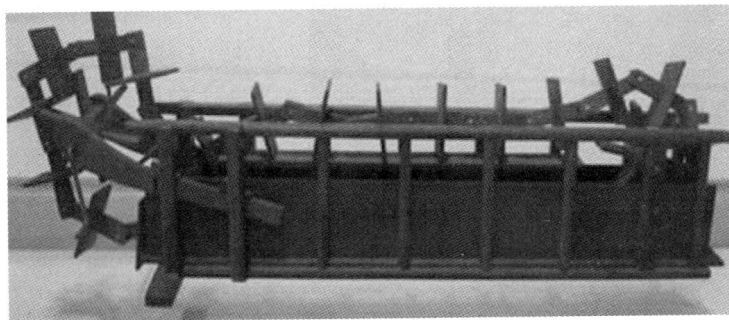

水中为传输轴；转动大轴带动龙骨板，龙骨板就会绕着行道板而转动，借此刮水进水槽并随龙骨板推水上岸，如此周而复始，形成连续水流。

风车 一种手动带动风叶轮，靠风力进行扬尘去屑，并把粮食按质量轻重进行分类的农用大件木器具。风车基本结构分为车身、风叶轮、挡板、摇手、进料斗、前后出料口等。把混杂有轻碎杂质的粮食倒入进料斗中，适度放开挡板，粮食自由滑落，在此过程中摇动风叶轮，吹拂滑落的粮食，使质量重的继续下落，经前出料口而出；稍轻者吹向下一出料口，更轻的杂质从车身后扬出，从而起到分类扬尘作用。一般会在料斗前板上写上"激浊扬清""吞金吐玉"等形象吉利语。

铁制工具 以铁或其他金属为主要材料制作的工具，主要由打铁匠专业制作。本地一带主要铁制工具如农耕工具中的锄头、铁钯、铁锹、犁铧，日常用的砍柴刀、斧头、钳子、镰刀、铡刀、铁榔头、铁钉、剪刀、菜刀，以及工匠常用的刨刀、凿子、锯条等。

毛纸制作工具 毛纸，是一种以稻草为主要原料，经十多道工序

制作而成的手工纸。主要用于包装、卫生用纸。其主要工艺流程为：拌草、腌草、踏草、洗草、捞纸、扦纸、晒纸、理纸、刨纸等各道工序。理纸后，以90张为一刀，12刀为一捆。由专人用铁刨刨平齐后，作制出线条，再用竹篾捆绑，盖上印记，便可出售。

其捞纸工艺为：将从洗草塘里洗清的草团搬入纸槽，注入清水打糊，略沉淀后，用竹簾捞成一次四张（或三张）并列的水浆纸，细细地一层层堆积成一定高度后，压榨出水分。送到扦纸人手中，进入下一道工序。详细过程请看"捞纸致富"。

在这过程中，每一道工序都会用到特定的工具和材料，如二角叉、二指扒、洗草耙、洗草袋、挑纸架、扦纸架、垫纸板、捆纸绳、刨纸架、刨纸刀、扎纸篾等。

土烟制作工具　土烟又名草烟、叶子烟。解放以前，农村上了年纪的老人都喜欢种几分地的土烟，自己制作并食用。

铁钯、锄头等种植土烟时用到的工具，以及培育过程的浇水施肥工具，因与普通农耕工具一样，在此不作详解。割烟叶时需用到专门的割烟刀，还得选个大晴天。割烟时，每匹烟都要连着寸把长、两端为斜口子的烟梗，称为烟脑壳。晒烟叶，得用竹篾编的专用烟篱子夹着烟叶晾晒，这样既可以便于新鲜烟叶的均衡干燥，还可以保证烟叶平整不起皱，便于下一道工序。叠烟叶，把烟叶理平了一片一片的叠起来，在叠的过程中可以往烟叶间滴几滴菜油，这样既能延长烟叶的保存时间，也可以使烟叶加工成烟丝后吸食的时候更香。切烟丝又有专门的切丝工具，一块一块的木头组合成一个专门的工具，固定住叠好的烟叶；一块呈长方形的木头是用来做模子的，按木头的形状把烟叶先切成块，再固定住块状烟叶用刨子把烟叶刨成丝。

烟叶和烟丝的保管，一般都放在灶头上，避免受潮变质。

第四辑

石阜民居

　　马头墙的参差错落，木构件的精雕细刻，从宗祠到民居，走进耕阜石阜，就是走进了历代建筑的博物馆，就是走进了装满乡愁的家园。

民居概况

　　石阜古建筑形制较多，规格齐全，大小不一，风格各异。种类有水系、牌坊、祠堂、庙宇、民居、凉亭等，年代早自明代及清代早中晚期，民国建筑尤多，不乏制作精美的华堂大屋。据文管委第三次全国文物普查登录点资料显示，有重点登记对象 26 处，一般登记 57 处。本节对村中民居作简要概述。

　　石阜村古建筑遗存较多，民居是村中最重要最基本的建筑。石阜重要的民居以徽派风格为主，具有徽派建筑的特点，体型轮廓比例和谐、尺度宜人，给人以清新隽逸、淡雅明快之感。最考究的为堂楼屋，俗称走马堂楼，为砖木结构或石木结构，大多为清代或民国年间建筑。普通的则为三间头，以三间两弄为主，亦有三间两厢和闷头三间，均砖石木结构，为县域内流行款式。村中还有几幢三层楼房，为民国年间村中大户所建，至今保存完好。其余的则因地而造，或大或小，开间大小、进深深浅不一。还有不少平房，主要是猪圈或临时搭建的附房，但这些都不是主流。

村中重要的民居堂楼屋，往往建得高大结实，外墙一般不作修饰，形成封闭性很强的宅院空间。但在保证安全的实用性基础上，也注重建筑的观赏性。粉墙、黛瓦、马头墙、耳窗是其外观的基本元素，有的还做有门台门罩门檐等。

这里的民居外观朴素简洁，内部又注重装饰，楼宇回廊宏敞，有雕梁画栋。结构上分前后堂，左右厢房，中有天井。天井就是这类建筑内部结构的最大特点。天井是这些民居的生长点，具有承接和排除屋间流水、采光、通风等实用功能。高大封闭的外墙隔离了自然，天井又将自然引入，外闭内敞，既体现了民居的建筑风格，又折射出富户的人生哲理。

最显建筑装饰风格的，则是建筑构件的雕刻。明清时期，石、砖、木雕被广泛饰以村落民居、祠堂和牌坊建筑。石阜多富户，其建筑也大多追求富丽，但受封建营造制度和当地自然条件的限制，他们大多在典雅工丽、奇巧玲珑的雕刻艺术上另辟蹊径，以具有很强景观审美效果的雕刻装饰建筑。门额、枕石、石磉等石雕给人以实在、沉稳的美感；门罩、门楼等处的砖雕则清新淡雅、疏密相映、繁简相补、重点突出；使用最广的精细木雕，则以戏剧、人物、山水、花鸟、动植物、吉祥物、吉祥图案等各种内容，来反映主人的物质生活和精神追求，给人以自然、亲切之感。这些雕刻将主人自身的文化信仰、人生哲理、生活情趣以及家乡的秀美山川、乡土风情等，通过不同的雕刻题材和表现手法体现出来，生动、含蓄，又透着浓浓的乡情。

有的建筑室内布置还很注重文彩，以彰显屋主的文化修养。如厅堂两侧柱面多悬挂楹联，楹联文字简洁、思想深邃、手法生动，既有宣扬儒家伦理道德、读书入仕的，又有反映主人处世哲理、闲情逸致和村居环境的。寥寥数字、寓意深刻，经书法家题写，成为精美难得的艺术佳品，与民居相映生辉、相映成趣，增添了古村的文化气息。

上述的是作为民居的单体建筑的共同特点。

就整个村落而言，在统一中又有变化。因为地块有大小，地势有高低，周围环境也有所不同，因此许多民居都因地制宜，随高就低，随圆就方，参差不齐而错落有致。就楼层而言，清代建筑以二层为主，抱屋或附房则以一层为多，到民国年间的素吾堂内部就三层，从外观上看也有高于二层屋面的阁式结构，颇有特色。村中另有几幢西洋式建筑则直接建造成三层，估计是有足够的财力却没有合适的地基，再加上受大城市建筑的影响，既然不能在平面上铺开，那就索性向空中拓展了。不管怎样，在这种多

样与变化中，从整体而言又体现出韵律美与和谐美。

当然，民居的建筑风格也在不断变化。石阜先人们在外受外界文化影响，回归故里将外界文化移植家乡，整合在民居建筑上，使得部分民居建筑风格发生变化，这种变化活跃了村落的景观。在空间处理上，有些民居的马头墙虽然保留，但墙上的门窗形式为西式起券做法。内部的一些细节也与传统的民居有所不同，二层围绕天井处一圈由复檐改为西式栏杆装饰的跑马廊，俗称走马堂楼。如石联村十间四厢，因为房主受新文化影响，窗檐为券式，走廊有罗马柱，这些都有西式建筑的元素；而一进屋顶的望窗则更是后来新式形制。

接下来，笔者以走访时的见闻，结合古建筑知识，对石阜村重要的民居及公共建筑进行介绍。

九房老屋

　　从石阜村现存完好的古建筑来看，九房的老老屋要算是比较古老的了。因为老屋是相对于新屋来说的，而老老屋比老屋更老，建造年代更早。

　　这幢老老屋坐落在石联自然村。据现户主方湘林老人介绍，这座老屋为方氏九房现存最早的族屋，是石木结构三间两弄两进四合式楼房，已有约200年历史。建筑坐西北朝东南，占地面积252平方米。双坡硬山顶，马头墙。砖砌大门上置门楣。一进明间前后置五柱。天井用青石板铺筑。两侧均为双坡硬山顶厢房。二进明间重檐，置前檐廊，两侧开边门。

这里的牛腿、斗拱、山雾纹做工较为精细，从中可大致判断建造年代为道光年间。这里的梁枋雀替采用升斗方式，与清末不同；牛腿采用深浮雕手法，多线条装饰，雕刻内容为简单的一只蝙蝠衔一串铜钱，寓意"福在眼前"；下堂上枋木雕刻聚宝盆图案，两垫方刻佛手和寿桃，寓意招财进宝、福寿双全。所有构件中制作最精细的是升斗式雀替。下枋、檐廊、大梁、门窗均不施雕，唯天井厢房中窗扇做花格天头，窗下槛板为砖砌粉刷后刻线纹。

老屋中有四五位老人在做着缝手套钩围巾的手工，交谈中听说这房子在清朝咸丰年间还曾遭到长毛反的扰乱。那么又是如何保全下来的呢？我们不妨了解一下当年的历史。

所谓"长毛反"，是民间对于洪秀全杨秀清领导的太平天国

运动的称呼。因太平军在后期影响我县，军纪不整，无恶不作，百姓多受其害，据传江南一带有许多民房和寺庙被其焚毁。桐庐民国县志称其为"洪杨之乱"，也可看出对其之评价。

话说洪秀全于道光三十年 (1850) 在广西桂平金田村起事。咸丰元年 (1851)，建国号太平天国，自称天王。咸丰三年，攻陷南京，改称天京，定为国都。清室因承平日久，将骄卒惰，无法应战。太平军在十余年间，就占领了广东、广西、湖南、湖北、江西、安徽、江苏、浙江、福建、云南、贵州、四川、山东等重要地区。由于他们以耶稣教为号召，禁止耶稣基督以外的一切信仰，以致兵力所到之处，无论佛寺、道观，或民间祖先祠堂，乃至儒教孔庙等，全都被焚毁一空。

据县志记载，咸丰十年 (1860) 九月，太平军从分水金竹岭入县境。第二年又来，随后占据桐庐一年半。所到之处，烧杀掳掠，百姓躲藏逃难而死的，不计其数。直到同治二年 (1863) 克复县治，北乡户口耗十之八九，南乡户口耗十之五六。其中，"洪杨军占领县治时，邑人多迁家资于舟，蚁附桐洲。已而军队围洲征饷，纵火焚舟。火光烛天三日夜不绝。男女或遭杀戮或自投水，浮尸蔽江，航路为塞，时辛酉 (1861) 十一月也。"

在这样的惨状下，当地百姓奋起反抗。"其间办乡团者，南乡有胡琛、胡履谦、施绍棠、陈士瑜、赵焜、方金琢、孙宇镕等。"这里的方金琢，就是石阜人。

同样的县志记载：方金琢，字古香，定安乡石阜庄人，邑诸生。少有志略，粤军踞杭之新城，欲自下港结筏南渡，金琢励众拒之，相持三昼夜，卒不得渡，江以南得无恙。

关于方金琢的情况，将在"人物春秋"中详细讲述。在这里提及，是为了说明石阜村民的勇气和智慧。在和平年代生产置业，村落屋宇鳞鳞，蔚为大观；兵乱时期，又能临危不乱，勇拒强敌，保家卫国。在"南乡户口耗十之五六"的情况下，像石阜这样的富庶大村居然能安然自保，这也真算得上是一个奇迹。如果不是方金琢这样的有勇有谋的有识之士振臂而呼的话，百姓作鸟兽散四处逃窜，何以保家？何以卫国？

一座堂楼屋，是一种客观的存在，更是一种历史的记忆和文化的传承。从这幢九房老老屋里，我们除了看到了建筑的美学之外，更了解了那一段独特的历史，那种历史的疼痛至今仍让人难以淡忘，而那份历史的光荣更让人永远铭记。

走出老宅，看到门扇上悬挂着三块陈旧的小木牌，仔细辨认，是"革命光荣"牌，上面还有五个红五星。是解放战争？抗美援朝？自卫反击？和平参军？虽不能肯定其确切事件和年份，但直觉是与保家卫国有关，大约相当于现在的"军属光荣"牌吧。后来从住户中了解到，是解放后参军发来的，有三个人，其中两个还是双胞胎，今年如健的话应是 82 岁。从一座房子里走出去好几个保家卫国的英雄，这估计与这里的历史和传统有着千丝万缕的联系吧？

抗战丰碑六言堂

桐庐古建筑中，一些较大规模的堂楼民居一般都有堂名。这些堂名中，很多是带数字的，并且都有出处典故，蕴含着丰富的内涵。如岩桥王氏"三槐堂"，据苏轼《三槐堂铭》就有一个故事：兵部侍郎晋国公王佑，显赫于后汉、后周之间，他曾亲手在庭院里种植了三棵槐树，说："吾子孙必有为三公者。"后果其然，真是"郁郁三槐，惟德之符"。又如深澳申屠氏有"九思堂"，谓《论语·季氏篇第十六》中记载孔子曰："君子有九思：视思明，听思聪，色思温，貌思恭，言思忠，事思敬，疑思问，忿思难，见得思义。"石阜的"六言堂"或是"六贤堂"，又当作何解释呢？带着问题去看古建筑，是挺有意思的。

关于"六贤"的说法，古已有之。据张岱《西湖梦寻》载，"宋时西湖有孤山竹阁三贤祠，祀白乐天、林和靖、苏东坡。明正德三年立四贤祠，以祀李邺侯、白、苏、林四人，后增祀周公维新、王公弇州，称六贤祠。张公亮曰：'湖上之祠，宜以久居其地，与风流标令为山水深契者，乃列之。周公冷面，且为神明，有别祠矣。弇州文人，与湖非久要，今并四公而坐，恐难熟热也。'人服其确论。"可见，所谓贤者，是对当地有所贡献且为人们所公认的人。当然，石阜这座堂楼屋是否有"六贤"，并无公允，只是因为主人生有六个儿子，并且希望他们都能成为贤人，以此作为堂名的来历也无可厚非。

不过也有村人说，是"六言堂"，六个儿子每人一句，取集思广益之意。如果真是"六言堂"，那倒也是有出典的。《论语·阳货》："由，也，女闻六言六蔽矣乎？"何晏集解："六言六蔽者，谓下六事：仁、知、信、直、勇、刚也。"晋陆云《晋故散骑常侍陆府君诔》也有"六言六行，非君不肃"。所以，以"六言"名堂，也是典雅而内涵丰富的。

后经村中老人证实，堂名是"六言堂"无虚。

不过不论是哪一个，都寄托着美好的祝愿。

据现年七十多岁的退休老师方恒金介绍，他们属于外九房，当年阿太名讳方炳楠，生五子；其中洪贵又生五子，即方游五兄弟；洪儒生六子，建此堂楼；其孙辈按八卦为序取名，分别为乾山、坤山、震山、巽山、坎山、离山、艮山、兑山等。

六言堂位于石联自然村，坐北朝南，人称"后头新屋"，相对于称为"前头新屋"的方游故居而言。据踏勘，六言堂为清代建筑。它砖木结构，双坡硬山顶，马头墙，占地 407 平方米。建筑由主屋和抱屋组成

合院式楼房。主屋五间二进两厢四合式楼房，一进明间置回堂，五柱七檁。天井用青石板铺设，四周为走马楼。天井两侧厢房花格长窗、横风窗雕刻精美。厢房与一进次间用过海梁衔接。二进地面高于一进十多厘米，明间四柱七檁。楼板均用小杉木拼接而成，十分牢实。牛腿分别为太狮少狮、狮子绣球、松鹿、松鹿鹤，替木雕刻四季平安和棋琴书画。上堂枋下雀替为马上松鹤图和跪乳反哺图，特别是小羊跪乳和乌鸦反哺，直接反映人子之孝和知恩图报的家庭美德和传统道德观。抱屋依附主建筑东墙而建，双坡硬山顶。整幢建筑保存较好，布局规整，梁架完整，用料考究。具有一定的历史、艺术价值。

据说，这六言堂在抗日战争时期曾作为国军作战指挥部。我们也在六言堂屋旁发现了石墓碑一块，除部分文字被水泥填埋外，可见内容为"曾任挺三纵队二支队七中队队长之抗日阵亡胡利臣四川省大足县人卅四岁宣统民国"，落款为"民国三十三年九月十日妻"。

由此回想起桐庐的抗日救亡运动，特别是与日寇的几次正面交锋。1940年10月上旬，日军发动"十月攻势"，13日，第二十二土桥师团沿富阳壶源溪南犯桐庐，在桐庐与富阳交接

的景山岭受到国民党军七九师二三五团的堵截，双方展开激烈的战斗。经过 3 昼夜激战，日寇死伤累累，只得向诸暨方向溃逃。1942 年 5 月，日军原田旅团 1.7 万余人，再次分三路侵犯桐庐。5 月 19 日，桐庐县城陷落，日军原田旅团长期盘踞县城，又在窄溪、上杭埠、下杭埠和俞赵等地设立了据点。6 月 10 日，石阜、前村等村 37 名青年协助国军七九师二三五团三营官兵袭击窄溪日伪军，伤、毙敌 10 余名，俘战马 29 匹。6 月 11 日，踞桐庐和窄溪的日军两路进攻国军驻地石阜。当地青年农民积极主动协助国军战斗，打得日军丢下几具尸体，狼狈败退。石阜青年方宪初还从敌人手中为国军夺回重机枪 1 挺。1945 年 7 月底，日寇的"樱特攻队" 6000 余人又一次窜逃桐庐，同样受到广大军民的抗击。8 月 1 日日军抵下港，2 日偷渡窄溪，被挺三纵队和当地民众合力击退。据统计，桐庐分水两县人民，为抗击日寇侵略，共出征军人 5337 人，阵亡将士 450 余人。为抗日战争全面胜利作出了积极贡献。这里，明确记载了石阜为国军驻地，以及挺三纵队与当地民众抗击入侵日寇的事迹，或许，前面墓碑所载的胡利臣就是在这场战斗中英勇献身的。

六言堂，已不仅仅是方氏的一座普通堂楼，它还见证了那个军民共同抗击外来侵略的特殊年代，见证了日寇的残暴和我国人民的英勇顽强。在这里成长的，何止是六贤？从这里走出去的，是千千万万为民族解放事业而不惜牺牲个人和小家的历史贤达。

六言堂，是一座堂楼，更是一座丰碑。

探访方游故居

　　了解石阜的人，几乎没有不知道方游这个人物的。因为方游的医术实在是太高明了，在解放初期，能够为蛇伤的人做截肢手术，又能为病人做上臂植皮手术，这在桐庐医药史上都是创举。并且他给穷人看病往往少收钱甚至不收钱，受过他好处的当地老百姓无不交口称赞甚至感激涕零。他的一生历经清朝、中华民国、中华人民共和国三朝，在国民党部队做过军官，在新中国医院里任过职，很幸运地安然度过政治运动，并安享晚年。他的经历也可称得上是有点传奇色彩了。

　　方游（1897—1963），字鸥舫，小名金润、阿拔。1917年考入保定医专、1921年创办桐庐第一家西医院——桐江医院。1926

年参加北伐，曾先后在国民党部队任少校卫生队长、上校军医院长、第五战区兵站总监部军监处长、国防部军医署医监顾问等职。抗日战争期间，方游曾多次冒险抢救、转运国共双方抗日伤员，先后被授于防疫奖章、抗日纪念章、胜利勋章、忠勤勋章，鄂北抗日战役中记功一次。1949 年 10 月重庆解放，方游所在部队向人民解放军投诚，他回归故里桐庐石阜开医务诊所，为老百姓治病。1952 年冬天，受聘去临安专署疗养院任主任医师；专署撤销后调至临安人民医院；1963 年病逝于家，享年 67 岁。

因为方游有着这样传奇的经历，所以位于石联自然村他的故居，成了好多来石阜的外地人必到的地方。这是一幢在石阜这样人多地少的村落中较少见的，并且更难得地至今仍完整保留着墙园的建筑。围墙中段高出三砖做成照墙，东侧建单层附房一间。建筑坐北朝南，砖木结构，三间二弄二进四合式楼房，堂名"勤贻堂"，一进三柱五檩。天井以青石板铺筑，两侧厢房以整块青石板作槛墙。二进四柱九檩。依主建筑东墙建有一座抱屋。大门前有一卵石通面小院，东向开侧门，有内檐廊。

建筑的大门比较普通，青石门框，枕石与石槛分离，且未施雕刻。但下堂牛腿即刻显现出精致来，不仅选料粗壮，而且雕刻精细。主体是一对透雕松鹿，另有三只小鹿和一只喜鹊，形象生动逼真；替木上雕刻屏风博古瑞兽图案。两个天井牛腿为凤凰牡丹图，满是富贵祥和之气。上堂主牛腿为太师少师，大狮子边各

有三只小狮，装饰华美，动态活泼；替木雕室内台案妆奁及花瓶盆景等；梁枋及雀替雕刻均为黄泥保护，不能确认其图案，但其中有一块倒是很清楚，雕刻的是"仙鹤衔书"，玉兰树下，一只仙鹤，口衔玉书。这为别处所未见。难道反映的是宋代无名氏的《奉礼歌》的内容？"皇天眷命集珍符。上圣膺期起天衢。环紫极鸿枢。此时朝野欢娱。乐于于。似住华胥。和气至，嘉生遂，豆实正芬敷。礼与诚俱。风飘洒，灵来下，喜怡愉。斗随车转，月上坛觚。奉禋初。至诚孚。如山岳、福委祥储。车旋轨、云间双阙峙，百尺朱绳到地，两行雉扇排虚。仙鹤衔书。珍袍上笏相趋。共欢呼。号令崇朝，遍满寰区。阳动春嘘。躬盛事，受多祉，千万祀，天长久皇图。"如果是，那也真够喜庆的。另有一签语为"白鹤衔书过山林，两头禄马动君心。胜如天上峨嵋月，逐渐团圆照古今"。解曰："名与利，必异达，讼和达，病则愈，孕生贵，婚和合，行人至，诸事吉。"也是大吉大利的。枋板上中间图案为双龙戏珠，两边则为"一路连科"：一只白鹭，衔着一棵莲花，且配以书画；两垫方上则分别刻腾跃之鱼。如果把三个图案相连，则成为"一路连科，化鱼成龙"。真是设计巧妙，匠心独运。

下堂檐廊部位雕刻最丰富。下枋中部为双狮戏绣球，两边饰草龙纹；上枋中部为象和马；枋上垫方为"白鹤衔桃"；两枋间隔板雕两个麒麟，脚踩八宝祥云；又有"四季平安"和"平升三级"等吉祥图案。

据户主孙海英介绍，房子是太公造的，至今已有100多年历史。看看雕刻风格，也与清朝末民国初相符。方游则是他们的祖父。

她还给我们说了一个有趣的故事。他们的祖上茔地在水碓里中寺坞，有一棵香樟坟树。后来这棵树被邻村砍伐，去追责未果，愤而扬言要拆了对方大门。对方无奈，保证今后保护茔地植被。后樟树桩上发出五个嫩芽，因受到保护而茁壮成长。坟主后代也接连生了五子，大儿子分得堂楼西边半间；方游即为第二子，即他家祖父，分得东边上堂；第三个儿子分得东边下堂；第四个另在东边造屋；第五个为"多出来的儿子"，所以叫金多，另在十间头边上造屋。现茔地樟树已葱茏成林。有一次，家人准备去茔地修剪逸枝，临走却找不到砍刀了。疑为冥冥之中有力量在阻止砍伐，而五子之盛又似为五樟之兆的应验云云。

十间四厢

桐庐民间关于居住条件最高的标准，莫过于"十间四厢"了。在石联自然村，就保存着一幢有这美称的民居，或简称为"十间头"，其实堂名为"素吾堂"。现为方为民等户所有。

据调查，这幢民居建于1935年。建造者方孝函（胜山），是现户主之一方燕群的外公，为解放前原艮山门火力发电厂厂长，他解放后任浙江大学教授。

据资料显示，我国自1879年5月上海公共租界工部局英籍

电气工程师毕晓浦 (J.D.Bishop) 在上海虹口乍浦路一幢仓库里安装一台 10 马力蒸汽机直流发电机，做了碳极弧光灯照明试验，为发电照明肇始。到 1882 年 4 月，英籍商人立德尔 (R.W.Little) 等人招股筹银 5 万两，创办上海电气公司，在南京路江西路西北角建厂，安装一台 16 马力蒸汽机发电机组，沿外滩至虹口招商局码头一带立杆架线，为沿线 15 盏弧光灯供电。1888 年广州，1890 年天津，同年 12 月 14 日西苑慈禧寝宫仪鸾殿亮灯。杭州自 1896 年杭州世经缫丝厂自备发电机发电。翌年，杭州、宁波两市有识之士集资办电。1910 年杭州电气公司由华商俞丹屏创建，在城内板儿巷建厂，装机 3×160kW，营业区域以杭州市区及江干、湖墅、拱宸桥为界。1916 年杭州电厂改由官商合办。当时装机容量 1800kW。至 1922 年在艮山门外建厂，安装三台发电机组，共 6100kW。至

1929 年将电厂收归省办，并拟在闸口建设新厂。因此，方孝函作为艮山门火力发电厂厂长，也可称是我国电力行业的先驱了。

素吾堂整幢建筑坐北朝南，五间二进二天井四合式楼房，砖木结构，占地 391 平方米。门前有小道地，道地前为水沟。前立面一楼为一门四窗，青石门框和门额，门额内容疑为"唯吾德馨"，只是为石灰所覆盖，难以确认，门枕石雕树枝图案；一楼窗户皆以青石做框，上置拱形窗罩，窗罩已损毁；二楼均匀分布有六个窗，与一楼五间的开间并不对等；一进顶设置了楼阁式天窗，有人说是为了采光，但笔者以为更适合登高望远或登屋顶维修之用。

一走进屋内，就忍不住扼腕，因为天井八个牛腿被悉数盗去，只留下榫装印迹和斑斑盗痕。据住户说，那已是前年的事了，同时被盗的还有停放于上堂的一辆三轮车。当年土改时，这十间头共分给了 10 户人家，现大多已建造了新居或住于别处，所以这里不再有住户，只有晚上偶尔还有人会住宿在此。于是，这里成了大家堆放闲置农具等杂物的场所，基本处于无人管理状态。所以就出现了牛腿被盗也无人及时知晓的情况。现在，在上堂，我们看到了八仙桌及供桌，用一铁链锁在一起，估计这也是住户的无奈之举，为防这些仅存的古老家什被再次洗劫。

因为住户们并没有留下牛腿照片，所以当年的模样也不可再现了。但通过残留的构件雕刻，我们还是能大约猜测出原件用料的粗壮和雕刻的精美。只见上堂枋木正中雕刻着福星送瑞图案，三老二幼五个人物形态栩栩如生，边上饰以松树和山石；枋上隔板雕以荷花和兰花图案，花叶舒展自如；雀替雕刻精致；二楼置走廊，檐下挂落制作精美，但略有破损；栏杆巡杖（抚手）、盆唇及万字纹地霞完整，但栅栏似为后来更换，已无美感，且还零乱。明间大梁为巨大的方梁，雕刻着双狮戏球图案，以画卷的形式展开，雀替雕双鱼，梁下灯笼钩俱全。

屋内整体结构为一进明间前双步置回堂，进深四柱九檩。天井用青石板铺筑，两侧厢楼均为双坡硬山顶，三柱五檩。余不赘述。

当热心的村民几经周折找来现住户，打开了二进的边门后，我们进到了另一个天地。两侧设厢房，中间靠后墙有一个很大的青石板砌筑的鱼池，石栏板高一米许，鱼池宽约一米半，长约四米，深约一米半，现未存水，池底青苔密布，生意盎然。后堂两个牛腿保存完好，两面各雕圆形框内松鹿和耕牛图案，外辅以花卉，替木外侧为牡丹；整体感觉壮硕结实。小檐廊雀替为树下双马图案。梁上垫木刻"光前""裕后"。

在后厢间壁上，悬挂着两框画像。仔细辨认，这两幅题为"大哥磁照"和"大嫂磁照"的画像，其下及左

分别题有"江西南昌中山中路程兴盛绘照"及"弟鸥舫谨绘于南昌军次廿年二。一。"字样。这可能是民国二十年,方游在南昌时,他大哥大嫂前去探望时所绘。只是因为下面的落款,导致不能肯定是方游亲绘,还是方游带兄嫂到绘相馆所绘。但不管如何,这两幅绘像的存在,丰富了方游这个人物的形象,也算是这次探访的意外收获了。

石阜的十间四厢,在建筑体制和规模上都非常突出,相信建筑所承载的历史和故事,也定然丰厚而悠长,让人回味再三。

现在素吾堂已经过整修,恢复了被盗牛腿和被置换的二楼天井扶手栏杆,也可以安全上楼,去阁楼看看外面的风景。看古建筑群鳞鳞的屋瓦和参差的马头墙,那种感觉,真不是用语言所能表达的。

勤业堂

　　勤业堂位于石联自然村六言堂左前方，即方游故居左侧。是幢砖木结构、双坡硬山顶、马头墙的三间两弄二进楼房。这房子我先前曾进来过，但单从木雕等方面分析，在石阜村并不引人注目。此次进入则是因为据了解，此屋建于九房老屋与六言堂之间，可说是有着承上启下的作用，意义比较重大。并且据带我走访的大伯讲，当年六言堂里的老六方寅生曾住过此屋，现在老六的儿子博士生毕业后在美国芝加哥做医生。

　　因为有了这些因素，这幢建筑不仅吸引我再次进入，更促使我要仔细分辨里面的仅存事物。

　　紧闭的大门一看就知道不常开。我们绕到边上，推开虚掩着的边门，倒是有人居住，但主人不在家，且通过这狭小的空间还无法进入厅堂，只有退了出来。通过另一扇类似台门的边门，才进到回堂。

　　这是一幢坐北朝南占地 273 平方米的清代民居建筑。门厅进深四柱七檩，前双步间置回堂。天井采用青石板铺筑，两侧厢房均为双坡硬山顶，三柱五檩。天井四周檐柱置小牛腿。二进地面略高于一进，置前檐廊，两侧开边门，四柱九檩。整幢建筑保存较好，在牛腿及大梁的雕花处还有明显的黄泥涂抹的痕迹。

　　这里的上堂为方大梁，用料非常富足；梁上还有大件的雕花枋木。但牛腿只浅雕草龙纹，算不得精细。厢房墙壁砖砌后粉白灰，镂以方格线，制作也相对简省。窗户平板未雕花，只在天头做成简单花格。但天井石板则规整，十块青石板有序排列，可说未受丝毫损伤。包括上下堂的石板均是如此。这在别处老房子也不多见。

　　天井里还放有一块墓碑，虽然不知与主人家有无关联，但因为文字端庄而清晰，不妨录于后，或许今后遇到有用之人也未可

166

知：大清道光十五年岁次乙未三月立皇清待赠显考樵国郡行盈一佰十四秉铨府君暨显妣李氏孺人合墓孝男开允孙雅源、兆同百拜。

此外，这古旧的老屋里，就是满眼零乱的杂物了，诸如成箱的啤酒瓶，成堆的毛竹，闲置的双轮车、独轮车、稻桶、木梯，和陶罐酒坛等器具，梁架上搁着原木，厢房边有成捆的木柴和麦秆稻草，胡乱盖着破烂的塑料布……在天井里甚至还有成堆的旧砖和石块，都已长满苔藓，定已堆放多时，想来今后也未必用得上。但农村就是这样，如此"收藏"的老人尤甚。

这似乎是多户人家共用老屋在闲置后的共性，都会堆放一些没用的东西，公家房屋处于有人用无人管的窘境。

刚在走访时，正遇到派出所民警查村中牛腿被盗案件。也真担心我的走访让村人投来异样的目光，更担心我的照片留影成为这些浓缩历史艺术品的最后原装照。因为类似的事件已经太多太多。一路走来，常可看到那些无人居住的老屋里的木构件被肆意偷盗，那斑斑撬痕，是古建筑的斑斑血泪啊。那不仅仅是一个牛腿需要多少人工雕刻，也不是一个构件需要多少钱财的问题，古建筑都是有生命的。任何一个构件，都是古建筑的一部分，是与整个建筑融为一体的，都凝聚着工匠、主人、居住者的心血和情感，就如"勤业堂"这堂名，至少是勤劳创业的意思吧，现在偷盗者不劳而获，是勤奋造孽，硬生生地让构件与建筑骨肉离散，这不是简单的谋财，这也是害命啊。

如此想着，对现存的古建筑更多了一份热爱。我今天来过，就像是我曾经住过；只要我看到过你，我就会永远爱你。

植善堂

植善堂位于石阜自然村。据方氏后人介绍，此堂建造者为方应乾字廷健，建于乾隆年间。但根据县文管会的调查资料，户主华小东（76岁）介绍，该屋是一寡妇建造，已有140多年历史。

植善堂是一幢三间两弄两进四合式楼房，坐西朝东，砖木结构，双坡硬山顶。房屋内部结构为一进三柱五檩，明间中柱间置石地槛，天井石板铺筑。两侧为两柱三檩，双坡硬山顶厢楼。天井四周屋檐均为重檐。二进五柱九檩。通面檐廊，两侧开边门，上置雕花门罩。

植善堂与村中别的民居相比较，有多处不同。一是边门门罩保存完好。村中虽有多幢房屋建有门罩，但保存完好的不多。二是天井四周全设重檐，这在石阜村为独一无二。三是门口原有围墙和台门，这在用地紧张的石阜算是奢侈了。四是改造较大，天

井内一侧建了台阶直达二楼，第一进外墙及檐头全部翻修成 20 世纪 80 年代的模样。

从边门走进，建筑布局规整，但上檐廊严重腐蚀，檐廊顶雕花已面目全非，柱子牛腿都难以承重，所以新建了两根砖柱支撑，直到 2017 年维修才换回木柱。

这里的木构件雕刻虽然不多，主体部分还遭到了人为破坏，但因雕刻做法古朴，内容在别处也不是十分普遍，还是值得称道。

如下堂牛腿，采用了大写意草龙纹，形态夸张，线条流畅，富有动感和张力；上部构图为麒麟和凤凰造型，虽因砍凿而有所损坏，但两个麒麟还是很生动，一个是与凤两者相对，一个是回首顾盼，形象雄壮威武。替木雕"四季平安"和"平安如意"寓意图及装饰性纹；替木上支撑木也做得华贵典雅。构件间衔接部位也进行修饰。整个牛腿采用高浮雕手法，加上岁月的熏染，显得富丽而高雅。边上牛腿龙纹更简捷，替木雕双鱼图案，上置斗拱式支撑。二进的四个门扇涤环

板以暗八仙为主要内容配以博古，以浅浮雕方式雕刻，看起来古色古香。厢房格扇虽以线条为主，但保存十分完好。

天井宽敞，两个八边形须弥座缸底座虽雕刻简洁但保存完好，颇引人注目；排水沟出水处鲤鱼跳龙门图案生动传神。

关于此房的建造，在《植善堂匾》一文中已经说清。其中有一说，是女主人，或者说是按照女主人的意图而建造的。有道是：坤至柔而动也刚，至静而德方，后得主而有常，含万物而化光。坤道其顺乎。承天而时行。积善之家，必有余庆……

孔子说：坤卦是最柔顺的了，但她如果行动起来也是很坚定有力的。她是那样安详稳重，有德行，守规矩，做事做人从来都是有章法而不乱行为。她作为乾卦的坚强后盾，依从乾卦的指引，坚守着自己的本分。她包容万物，并帮助他们成长壮大发挥了不可磨灭的作用。她是伟大的坤卦，她的原则就是顺应天道吗？不仅仅是顺应这么简单，她还是乾卦的坚强后盾，她是乾卦的贤内助，她会在适当的时候，帮助乾卦，一同成就乾坤的伟大事业。

当初建造此屋时，女主人便以坤卦之要义，用"植善"来命名这幢房屋，不正是反映这种深刻的含义吗？

绍衣堂

　　说起方金琢，在桐庐文化圈里可以说是无人不晓，甚至不需要点明他是石阜人，都能说出他与晚清名臣袁昶之间的关系；但要说绍衣堂，可能知道的人就未必有多少了，最多也只能说出前村到莲堂路口有个路亭叫绍衣亭，至于绍衣堂，就不得而知了。如我，方金琢大名是如雷贯耳，对绍衣亭，也是多年前就去拍照甚至拓片，但对于绍衣堂，则是在研究石阜村文化近一年，且掌握了十多幢保存较完好民居相关资料的情况下，直到这次协助村委去收集民俗用品，与村民方关相聊起时，才知道方金琢故居原来叫绍衣堂。

　　绍衣堂现在只有三间二弄一进一天井，是典型的江南民居"一颗印"结构。天井里的牛腿保存基本完好，左侧为雄狮踩绣球，右侧为太师少师，各加绶带如意穿铜钱图案，铜钱上各雕道光通宝和咸丰重宝，以及天下太平等。狮子形象生动，整体雕刻精美。其余构件如上堂廊枋下雀替为和合二仙图案，檐柱撑拱为深浮雕山水动物图案，但因黄泥糊抹而不甚分明。

但当年可不是这样的。现在这里的住户是方关相老人，他如今虽已 79 岁高龄，但看上去精神矍铄，身体硬朗，思路也很清晰，丝毫没有龙钟之态。他告诉我，方金琢是他爷爷的爷爷，相关的一些事，也只是他小时候从他爷爷辈那里听到，但关于这房子的后来情况，则还是比较清楚的。

据老人介绍，当年整幢房子由五个部分组成，绍衣堂是第一进，后面还有安素居，左边还有两幢稍小的房屋，但现在除保存完好的绍衣堂，以及已封闭不用的原台门外，其余三个部分都毁于火，其中的两处后来都建了房，只有原书根住处成了公用空地。原墙体联结部分还有残存的砖块在绍衣堂墙体上差互着。

这里的堂名往往有典故。"绍衣堂"的堂名出自《书·康诰》："今民将在祇遹乃文考，绍闻衣德言。"比喻承继旧闻善事，奉行先人之德化教言的意思。安素居，是安于自身的意思。素，谓无官爵。晋袁宏《后汉纪·光武帝纪论》："然则荣名功业非为不善也，千载一遇，处智之地难也。若夫安素守隐，其于人

间之懂，故以易而无累矣。"

　　说到方金琢，老人所知不多，只记得祖辈人说有一年曾为全定安乡农民代缴了一年的农业税。但说起他的爷爷辈，方关相老人就娓娓道来了。他爷爷兄弟五人，老大方应根，后面依次是再根、松根、书根、海宗。老大生圣和，老三生圣荣、圣淦。圣和出生不久，父亲应根即离世，后由老四书根抚养。书根名敬斋，为石阜村三大少将之一，当时在南京任职，为圣和成长计，把他带到南京。书根不仅让圣和读书识字明理，还特意请了外教给他教了两年英文。闲时走在南京繁华的街头，问圣和有什么打算，圣和说想在南京开一家药房。后来，方游进了军队医院，并有军衔。圣和就在方游辖下当了负责进药材的主任。解放前夕，圣和回到了家乡，但不久，又受朋友之邀，在金门居住了五年后，再去台湾桃源定居，成了当年最后一批赴台湾的人，并多有后人。方关相老人就是方圣和在老家的孩子。

　　世事多舛，人世沧桑。当年的方金琢，在当地可谓呼风唤雨、叱咤风云，他为乡民所做的各类好事也多有流传，但他的故居，如今大部分已成了堆放杂物的场所，在石阜这个古建筑较多的村里，被湮没着少人问津；华美的雕刻也被蒙尘，甚至整体建筑也面临维修保护难题。好在关相老人还居住在这里，所以多有维护，否则真的很难想象会面临怎样的尴尬境地。

　　突然又想起绍衣亭来。那个建于前村到莲塘之间大路边的凉亭，亭额虽有文字，但小字均被泥浆涂抹，我们还未及清理，因此还不知其内容。但就相隔几里路程，同时出现了两个建筑都以"绍衣"命名，总觉得这其间必有一种联系。询问方关相老人，也听说过方金琢当年确实为别村造过凉亭，但是不是绍衣亭，或绍衣亭是不是方金琢出资所建，他也不能肯定。这个疑团，看来只有等清理了绍衣亭的亭额后才能解开了。

阜成节义

　　阜成庙开始时为土地庙，正好位于村北长埂中段、村中大澳出口处，所以从全村整体布局来看，这里是全村水口位置，为一村风水之关锁；又处于全村的中轴线上，地理位置相当重要。

　　并且，阜成庙为我县目前规模最大、保存最为完整的原始宗教庙宇建筑，对研究我们这一带宗教类建筑的构造有一定的参考价值。

　　阜成庙原名甘泉明王庙，据乾隆年间《桐庐县志》载系石阜土谷祠，用以纪念建村的祖先，实为家庙，由方可法阖族建。方可法生平因家谱无存而无法考据。而建成现在的规模，则是方氏族人于清道光年间建造完成。

　　阜成庙坐北朝南，八字台门，观音兜硬山顶，砖木结构，三间

三进二厢房，总占地面积 876 平方米。一进前双步置花格平顶门廊，明间原为固定戏台，戏台上方为鸡笼顶（穹窿顶的俗称），做工相当考究，可惜已毁。二进为大堂，四柱九檩，平时专供节庆用品，演戏时摆放民众看戏座位。三进为神堂，也四柱九檩，专供土地老爷，早时候左有大钟，右有大鼓，前有值日功曹；稍后左文判、右武判；两边为皂班，每边四个。每年正月十五都要挂灯上供，进行祭祀；正月十一迎灯，要请土地老爷出位，抬着周游全村，以保全村平安丰收。每年八月初一为全村时节，土地老爷享受供品；同时村中 20 和 30 岁组织演出同年戏，以示成年同庆。

阜成庙西边原来附有一佛堂，进门处为弥勒佛，背后为韦驮菩萨，上进中间供奉如来佛祖，两边有十八罗汉塑像。左右一对柱子上方还塑有雷公和闪电娘娘像，形象十分吓人。于清光绪年间改建为观音殿，三间二进，坐北朝南。一进三柱五檩，天井用卵石铺筑，二进四柱九檩。不过现在早已不存了。

阜成庙东边是一关帝殿，于 1997 年修复，坐北朝南，三间一进，四柱九檩，塑有关公像，左关平、右周仓；前殿还有文昌殿，为读书人敬仰之处；阜成庙与关帝殿之间有一弄，形成夹间，里塑赵公元帅，也即财神菩萨，供众人朝拜。

现在我们看到的阜成庙，为近年重修。原八字台门已拆除，只能从里面遗留的青石条门槛及两柱牛腿呈八字形布置等原有建筑设置中看出以前的大致模样。一进穹顶也早已毁，取代它的是观音兜山墙及两面坡瓦。好在里面的结构基本未变，48 根石柱也依然挺立，撑起了一方宁静而肃穆的神圣空间。

只见神堂上位供奉着土地公公和土地婆婆，慈眉善目，神态安详，让人觉得可亲可敬。稍前供奉的是甘泉明王。再就是两尊可以抬着出位的菩萨了。天井里是一座高大的香亭。

关于"甘泉明王"，一是可能因为大源溪古时叫"甘溪"，而

甘溪又是石阜主要水源；二是"甘"倒过来就是"丹"，"甘泉"就是"丹泉"，那么"甘泉明王"就是"丹泉明王"。"丹泉"，是下石阜始祖方礼的号。

但是阜成庙是土地庙，并不是家庙，怎么会供奉祖先呢？

其实，不仅在现在石阜方氏心目中，就是在邻近村的其他姓氏人们心目中，斛山阿太方礼都已经被神化了，他不仅是带领大家开荒屯田发家致富的祖先，也是引领众人开疆辟土创造传奇的神仙。所以他既是方氏祖先，也是当地的土地菩萨，因此，在阜成庙里出现了丹泉明王与土地老爷一起供奉的情况。

但毕竟这只是在特定的历史背景下在石阜这个特定的地方才出现的特定的情况，所以把"丹泉"婉转为"甘泉"，以避他人可能会有的疑惑或诘问，而在石阜村人的心目中，"甘泉"就是"丹泉"，两者是一样的。作为旁人来看，如果仅从字面理解，石阜之泉也确实无愧于"甘泉"之美称，甘泉明王也是完全有资格受奉于当地的。

东边还是关帝殿，一如从前。只是在关公像左右各增奉了两位菩萨，以满足信众们的向善之愿。殿前两柱上有一副对联，雕柱而成，联曰：志凛春秋赤兔嘶风传义□，气吞吴魏青龙偃月仗□。虽然上下联的最后一字都不能确认，但默念着这对联，关公当年舞青龙偃月刀威震三国，驭嘶风赤兔马力行春秋大义的"义"的形象一下子出现在面前，这是何等的形象与传神啊。关公的"义"，不正是我们现代社会所大力呼唤和极力推崇的吗？"春秋大义"就是中国儒家思想在社会价值、伦理道德和社会礼仪等方面的看法、取舍和褒贬的价值取向，其本质就是个人在群体的社会生活中，在与其他人、周围的环境等产生作用时，在个人行为选择上所遵循的一套行为规范和其背后的思想原则，用现在的说法，就是社会主流价值观。

　　关于文昌，原是天上六星之总称，即文昌宫。六星各有星名，称上将、次将、文昌帝君贵相、司命、司中、司禄等。文昌后来被封为帝君。文昌帝君除有抗击战死、忠主救民之功绩外，也是慈祥孝亲的楷模。因此，天帝命文昌帝君掌天曹桂籍文昌之事，凡世间之乡举里选，大比制科，服色禄秩，封赠奏予，乃至二府进退等等，都归文昌帝君管理。《文昌帝君阴骘文》则称，文昌帝君曾七十三次化生人间，世为士大夫，为官清廉，从未酷民性烈，同秋霜白日之不可侵犯。书中列举古代士人行善得福的事例，说明善有善报、恶有恶报，"近报则在自己，远报则在儿孙"的因果报应，劝人行善积德。所以阜成庙设置文昌阁，应该是有相当积极的意义的。据《桐庐民国县志》第二部载：文昌阁十有五……合祀关壮缪称文武庙者二……定安乡一，在石阜庄。虽然原来文昌阁的位置，现在已经是食堂了，但相信只要人们心中有文昌帝君，并且以人天道为基础，以因果等法律为准绳，遵循为人处世的道理，一定能达到理想的人生境界。

回过头再来看阜成庙，从建筑的细节处，我们至今仍能看出当年建造的精致，如柱下石礩。阜成庙里的石礩，位于天井上下及神堂主要位置的，都雕刻了不同的图案，有蝙蝠、麒麟、鹿、鹤等吉祥动物，也有宝剑、莲花、花笼、横笛等暗八仙图案……雕刻都十分精美。这些图案，虽经岁月侵蚀而略有剥落，但并不影响审美，并且还增添了历史的厚重感。同时，阜成庙的石礩采用了方形，不同于一般的圆形。这或许是一种偶然，但也可能当年设计的时候就深含寓意：方氏姓方，不忘祖源；为人方正，不谀不媚……

（注：2017年，阜成庙又经过了一次大修，恢复了八字台门，里面供奉的菩萨也有很大的调整，相信这种调整还会继续。所以，现在的实际情况已与本文多有出入。为尊重曾经的一段历史，本文不作修改。）

178

方氏宗祠

　　位于石伍村北，距窄溪至石阜公路50米，东即村道，南十余米有一条穿村而过的主要水渠。宗祠又称积庆堂，俗称大祠堂。方氏宗祠建于清乾隆嘉庆时期，咸丰年间因遭破坏重修。1997年，族人筹资再次重修，历数年完成。2014年始又用两年时间，对祠堂内部及周边环境进行大整修，现已焕然一新。该宗祠坐西北朝东南，占地649平方米，三间两弄三进，面阔19.90米，观音兜砖石墙，轩廊大门，祠堂门口恢复一大广场，地面用鹅卵石铺成，并新建影壁；门前有旗杆石一对，门上大匾白底黑字：方氏宗祠。

宗祠第一
进为大厅。中
进为正堂，高
挂"积庆堂"
黑底金字大匾，
十分宽敞，可
供十二张八仙
桌摆祭设宴。

后进为荫堂，即神主殿，正中上位供方氏始祖神主牌位，前有供
桌。大厅与中堂之间，有一个大天井，天井由石板铺筑，两侧为
廊，两坡硬山顶。祠堂整体形象古朴，梁架上斗拱、山雾云装
饰，二进明间栋下吊柱，用柱粗壮，石础高大，很有特色。中堂
与荫堂之间，中有上供道，两旁有两个小天井，石板围成。

祠堂自明代中叶祭祖礼制变革以后得到兴盛，当地乡风注重
宗法，聚族而居，每村一姓或数姓，一般大姓各有祠堂，支派还
有支祠，大多堂皇阔丽，与居室相间。石阜村现存方氏祠堂多
座，而以方氏宗祠为最，以其宏丽的规模、高耸的形象成为村落
的标志、宗族的荣耀。

方氏宗祠因多次修葺，也多有改变。如门前道地，此前则是
一幢多层民居，祠堂大门封闭，只从南边门进出。祠内第一进此
前也改造成了戏台。好在现在又基本恢复了旧日面貌。

方氏宗祠内原有相当多的对联和匾额。据村中年长者回忆，
甚至还有康有为、刘伯温撰写的对联，挂于一二进间天井边柱子
上，可惜破"四旧"时被拆除烧毁。因元末刘伯温曾在翔冈设馆
三年，与近在咫尺的石阜有往来也很自然；且还有刘伯温智救方
礼的一段传说故事，所以两人间有交往也未可知。而留下墨宝后
用于祠堂也在情理之中，故作为一说录于此。现在的对联均为新

制，从石阜方氏的各个方面加以反映，作为对方氏文化的弘扬，以对联的方式予以传承。

祠内匾额，从村民口碑中得知，为附近各村祠堂中匾额最多的一座，这从梁枋的遗留痕迹也可佐证。所以此次整修力图恢复。在此特介绍部分匾额所蕴含的文化内涵。"礼耕学耨"是说方礼本为读书人，为保村民劝耕耨，在此一方面是指方礼劝耕，堆石成阜之史实，也借指耕田治农代指治理天下也。"克承首义"说的是雍正元年方成霖首倡义建窄溪埠，民国四年又拨祠款重修之，是为克承前义之举。"是君子儒"则是说石阜名儒方骥才，当年邑令何维仁凡三请而不见，特访，又不见。何县令高其德行，赠额是君子儒。"肄书扶杖"则是说袁昶微时得方金琢接济一事，后袁昶贺诗《寿方古香丈八十》有"课子肄书黄槲社，劝农扶杖白云村"之句。"父子大义"反映的是方发培曾出粟千余石施赈不复取偿，其子庚泉行船遇劫能凛然开陈大义，使贼子回头。"高情盖世"则是方辛序同邑周环桥先生诗集中有是语，实为抒己之胸臆，亦为他人眼中之先生是也。"挂剑扶桑"说的是方逸夫事，他毕业于日本早稻田大学，师夷长技以制夷，学习本领报效家国。"节寿双辉"明说方象玺妻俞氏，年二十六夫亡，遗腹不育，痛悼失明，苦节六十二年，知县郑士俊给"节寿双辉"额事，实暗示村中历史是十多位闺中气节者，贞孝可风也。其余如"拔贡""训导""少将""劲节"也各有其人其事，不一一罗列。

现在的方氏宗祠经过精心整修，断柱换新、残壁加固、地面墁砖、墙上布展、楹上挂联、梁间悬匾，再现当年盛时光景，增添了祠堂文化气息，已成为多村修建祠堂的参考样板。更成为村中及省内外方氏宗亲祭祖联谊的精神家园。

石合麻园厅

　　麻园厅祠堂位于石合自然村，村民习惯称之为上成堂，并且近来在此附近健身园建一石亭，也称上成亭。

　　关于上成堂的含义，无从考据。记得《后汉书》里有个关于"上成公"的记载，说上成公是密县人，开始时出行好久不回家，后来回来了，对家里人说，他已经得道成仙了。于是又告别家人离开。家里人看见他越走越高，过了好一会，居然腾云驾雾隐没到云里不见了。

　　这似乎是一个关于方士传说的记载，自然无需追究其真伪。石阜上成堂的取名是否与此有关，更无从考证。但根据调查附近

村民，对于这麻园厅的来历似也有讹误。说这是方姓家族宗厅，这自然没错；说是方姓于南宋时期随方腊从浦江迁此落村，后建祠堂、家厅，这便不符实情。一是这麻园厅应建于清咸丰同治年间，距北宋宣和二年（1120）十月初九方腊率众在歙县七贤村起义时间相距七八百年；二是石阜方氏确实是从浦江迁来，但始迁祖为四四公阿太方逸，石阜方氏始祖璿公，为芦茨白云源方干公十二世孙，于公元1173年迁到石阜仰卧山居住，这一点可从仅存的石阜方氏支系谱和浦江仙华方氏宗谱等得到确认。

不过这上成堂与石阜方氏，特别是石合方氏有着密切的关系，这是毋庸置疑的，部分村民的说法，也无非表明这个建筑对于村民的重要性。

再来看这上成堂，整座建筑坐西北朝东南，为石木结构三间两进四合式建筑，双坡硬山顶，占地271平方米。从檐口砖做法及檐柱牛腿可知，原来是外八字大门，现在沿边间前墙齐改建。

内部结构一进明间前双步内五架梁，三柱七檩，天井用小卵石铺设。两侧设过廊，均为双坡硬山顶，二柱三檩。二进地面略高于一进。明间前后双步内五架，四柱七檩，地面上用碎瓷片镶有"聚宝盆"图案。

建筑用料粗大，除檐柱牛腿为深浮雕嵌凤凰形外，八个天井牛腿均雕草龙纹，下堂用深浮雕，替木上用简单斗拱式，柱顶用云雾山，其余雀替均简洁施雕。

现因村民使用，祠堂内被分隔为两部分，里面堆放着许多杂物。如果能清理出来加以修缮，倒不失为一处值得一看的古建筑。

石阜三友堂

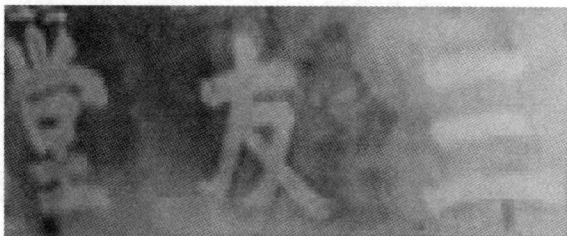

　　三友堂
位于石阜自
然村大礼堂
西侧，是石
阜方氏一个
房头所拥有
的公共建筑，坐西朝东，卵石墙，木结构，双坡硬山顶，三间两
进单层四合式建筑，占地面积 263.4 平方米。

　　据调查，此堂建于民国三十六年（1947），所以建筑风格特
别是木作制式及雕刻与清代均有不同，具有较明显的时代特征，
可作为清代建筑民国初建筑与此后建筑的分水岭来考量。

　　此建筑从南墙开门。右边一进三柱七檩，明间建有戏台；二
进三柱九檩。戏台两侧及两进两侧建楼式看台，从二进檐墙处楼
梯上下；楼下为过道。两侧为两柱三檩、双坡硬山顶过廊。

　　天井原来用卵石铺筑，生产队时改为三合土地面，天井四周
也以混凝土浇筑。两檐下扁作花枋长达 8 米余，一进枋上为浮雕
手法表现双狮戏球，二进枋则开扇形画面雕书剑图案，枋两端均
饰以云纹；枋上垫木做成三面花形，承托檐檩重量。枋与柱交接
处的牛腿已不存，两边梁柱小牛腿雕刻粗犷，唯立面寿桃与石榴
的形象清晰形象。梁枋到天井出檐处均做以简单龙头形状，这或

许与建筑时代有关吧。

至于"三友堂"堂名，是否取于"岁寒三友"，不得而知，但即使到现在，如作此解释还是容易被接受的。"岁寒三友"是指松、竹经冬不凋，梅花耐寒开放，取松丑而文，竹瘦而寿，梅寒而秀，是三益友之意，分别象征常青不老、君子之道、冰清玉洁。

但在询问了附近老人后，了解到当年这公共建筑是一房、二房和九房一起建造的，但不知为何，造了一半却无法继续，后来还是四房集资把上进建造完成。这其中的原因，现在的人们虽有多种不同说法，却始终无法解释清楚，也没有哪一种说法让大家信服。所以，三友堂这堂名是否源于开始共同建造的三个房头，也不得而知。

不管如何，三友堂作为一处民国时期典型的地方公共建筑，予以修缮保存还是颇有意义的。

幸运的是，当我再次进入这幢让我无法释怀的房屋时，一个老人的指点，我有了新的发现，在第一进右侧看台的天井方向有一扇门，那门的遮挡物就是一块牌匾，虽因处于暗处不引人注目，但经指点后还是很明确看到了"三友堂"三个字。

或许，这就是老房子的魅力之一？让人总也看不透，然后吸引人们一次次进去，去挖掘、去发现，哪怕只是走一走、坐一坐，也可能会有意想不到的惊喜在等着你。不是吗？这次随意地进去了一下，不就发现了堂匾吗？

石伍孝友厅

　　孝友厅为石伍村的公共建筑。据介绍，该厅原有老厅，后来在老厅的基础上，于民国元年 (1912) 重建该厅堂。现孝友厅为五开间二进一层建筑，坐西朝东，石库大门，砖木结构，占地面积 508.5 平方米。

　　孝友厅一进明间前后三柱七檩，但大梁下已新加了两柱支撑；一进及梢间有装饰楼台，且两侧栏板仍有保存，但未事雕刻，梁枋下有雕花挂落，但已多有水渍；柱上有对联，其中上联"民国共和光复旧室"仍清晰，从中也可见建筑年代，但下联则尘封不辨。

　　天井以石板铺设，宽阔而敞亮。只是因为无人打理，已长满

了杂草，有的甚至有一人高，给人以荒凉之感，与一般祠堂应有的庄严肃穆气氛截然不同。两侧为

过楼，与一进楼台连接成一体。天井两侧厢楼栏板外侧面以浅浮雕手法粗线条刻有"梅、兰、竹、菊"花草图案，寓意"四君子"的高洁品德，也暗合"春夏秋冬"四季。天井四周檐柱上原装有牛腿，但可惜均已被盗。从替木雕刻及其上斗拱制作情况判断，可以猜测牛腿雕刻应该是比较精良的。其实从窃贼敢冒险偷盗，也可基本猜出被盗物肯定非同一般。而这，似乎已成为眼下公共建筑的一种宿命？真是让人扼腕。

厢楼为双坡硬山顶，二柱五檁。二进地面略高于一进。在二进过廊南北各开有一扇侧门。明间前后四柱九檁，次间五柱九檁。一边还隔出了封闭式房间，估计是生产队时这里作仓库用，房间可能就是办公室了。

在厅的北侧还建有附属建筑，屋面南北落水，二柱五檁。从正面外墙看，可能建造时间相隔不久。推门入内，堆满了农户的杂物，不再赘述。

现在我们面前的孝友厅，已经是村民堆放闲杂农具的公用场所，虽然已经经过整修，但也只是为了防止倒塌而已。从眼前这零乱的杂物、茂盛的野草、破败的木构、斑驳的盗痕，让人由衷感叹这些建筑曾经的辉煌和如今的没落。唯有那些柱子上依稀的对联，似为"有子有孙不□□，宜兄家弟勿参商"，似乎还在向今人诉说着什么。

路亭今昔

石阜方氏自南宋末年来此居住以来历经数百年，村成大村，姓为大姓。在修桥建亭等公益义举方面也从未落人后。如

方丙南之妻某氏同方秉乾之妻某氏合资在宁家村东建庆福桥，至今尚存。本文重在写路亭。其实单单是从现存不多的几个路亭当中，我们就可看出石阜村民心路轨迹及文化修为，然后从中可见特殊的路亭文化。

石阜凉亭的建造，都是义举善事，由私人出资，为方便路人行路途中休息，也方便村人劳作过程中避雨遮阳休息吃饭等而建。石阜这样的凉亭现有 6 处，虽然部分被毁，但村人印象深刻，且还有一部分至今仍然保存，不仅照样发挥着它们的作用，还成了村民对历史的一份记忆，成了村庄历史的见证。

现在村边的还有双庆亭、再庆亭、寿庆亭、王东司亭、高大畈亭、松毛畈亭、浦山头亭等。这些亭子，不仅反映着当时的一种社会价值观，体现着当年的建筑工艺，承载着一段特定的历史记忆，在每个亭子背后，还都包含着或喜或悲的故事，让人赞

叹，让人唏嘘。在这里，挑选了几个略作讲述，希望大家能重拾一份当年的回忆。

双庆亭，位于石阜村西北村口，系村贤方逸夫（1884—1972）所建。方逸夫早年曾留学日本东京，毕业于东京早稻田大学，在日本追随孙中山先生，加入了中国同盟会，进行一系列反清活动。26岁回国后，先后参加了光复严州、光复桐庐的战斗。方逸夫曾在严州中学教书 6 年，担任过桐庐教育会长、桐庐警察局长、县议员、省议员等多项职务。其生平事迹在"人物春秋"里再作介绍。为庆祝父母六十大寿，方逸夫于村西路口建造了双庆亭，后来父母七十大寿时，又于村东建造再庆亭，以报乡泽的同时，也可看出他的孝心。

双庆亭现在已修饬一新，亭内有三副对联，据传为乡贤黄若望所书，另外还有石制"双庆亭"亭额一块，跋文一段，以述建造缘由，在此谨录如下："民国纪元第一甲子之小春，为吴如世伯暨德配洪儒人六旬庆诞，彼逸昆季谋，称觞博堂上欢。世伯曰：'吴其徒尚虚文，毋宁移囊善举。'逸夫等敬承其志，筑路亭以庇行。微名于余，题曰'双庆'，盖纪贵世。愚侄包汝羲拜职并书。""民国纪元第一甲子"，即公元 1924 年。"双庆"是因"吴如世伯暨德配洪儒人"都是六旬庆诞而命名。亭额书写者包汝羲（1880—1950），字仲寅，号笑庐，建德乾潭镇人，中国同盟会会员，浙江省立第九师范学校（严州师范）首任校长。三对亭联是这样的："雨暴风狂从何处赶寻庇宇，汗淋气促于此间权息征程。""来时不啻归安宅，到此何须问主人。""地辟三弓功同广厦，亭成一翼德被劳人。"

再庆亭于90年代初被毁，亭内也有3副对联，可惜原刻有对联的6根石柱现在只能找到5根，另一根下落不明，好在对联内容被有心人记录。据县委宣传部宏伟先生查证，其中一联，还是出自建亭者方逸夫的手书，内容似乎也与此地此人颇有渊源：右通浦左通溪南北往来皆孔道，前杖乡后杖国东西成立两新亭。这副对联，从字面上不难理解，作为亭联可谓四平八稳；而如果结合方逸夫生平，则不难看出他的意气风发。"右通浦左通溪"是指从亭右可通往马浦，从亭左可通往窄溪；"前杖乡后杖国"是指两亭建造时间相距十年，前一次建亭是六十岁，此次建亭是七十岁。杖乡、杖国代指六十、七十，这里是指其父母的年龄。"孔道"既指路亭之门为孔为道，也可指孔夫子儒家之道，宜为大家所共同遵循。一副对联竟然包含了前后左右，东南西北，有空间的描写，又有时间的叙述，真可谓是春风得意又不露痕迹。

石阜常山头亭，位于石阜村与雅泉村之间，系石阜村妇方裘氏出资重建于民国癸亥年（1923），有石柱6根，楹联3对，楹联分别是：革故鼎新存先人手泽，以石易木勒旅客口碑；侬也凉凉去，你且慢慢行；高说斋东语，闲听池北谈。书者诸暨何颂华，字蒙孙，号剑农，咏梅馆主，化鹿山樵，诸暨赵家镇花明泉村人。为晚清秀才，著名书法家，教育家，曾为西泠印社仰贤亭书联：名重文章，在野辞朝为大隐；学宗秦汉，勒金刊石别同人。其子何燮侯为北京大学第一任校长，是著名的爱国人士。

寿庆亭位于小潘至徐家山头（乳泉村）之间路南，或者明确地说是在唐家坞村口。唐家坞属于石阜石联，寿庆亭就建在石联

进出唐家坞的路口。寿庆亭建于民国十五年（1926），至今已有九十多年时间，其修建的精良，不仅体现在其外形的典雅，更体现在内部的用材和制作。其木作有雕花大梁、粗直的檩椽，铺有平整厚实的望板，还有三副石柱对联。现在的亭子为离原址约五十米处重建，保留了中柱，原有联基本完好，内容十分的儒雅：到来莫问乡村都是相逢萍水，此去各登客路不愁难越关山。大意是到此相遇者虽是萍水相逢，却无须分清某乡某村，相逢即是缘，天下为一家；从此分手各奔前程的，也定会一路顺利，天下无不可逾越之关山。联语中不仅睿智豁达而富含哲理，更有暖暖的情谊和浓浓的祝福。亭子也因联而更像一个儒雅之人。

另有一些路亭，只能从相关资料中了解到，如庆稀亭，在石阜庄北长山之麓，方金琢建。庆寿亭，在石阜庄东北，方星祥之妻吴氏建。裕余亭，在石阜庄，方锡林之妻沈氏建。庆稀亭因道路建设，一移再移，如今迁到与原位置相对的东边山坡上。

除此之外，还有一个亭子也不能不说。关于这个亭子，还有一个很有意思的故事。

明朝末年，彰坞村有个姓徐的姑娘嫁到石阜。有一个夏天，她坐筅子从娘家回来，刚走到马鞍山溪边上时，突然一阵大雨袭来。因筅子并不能避风雨，又没带雨具，在这个前不着村后不着店的地方根本没有个躲避之处，结果被淋成了个落汤鸡。

之后，想想那天的尴尬处境，一时想到在那个地方吃同样苦头的人一定不在少数，于是就用自己的私房钱在那里造了一座亭子，还亲自起名"尴尬亭"，并在柱子上写了四个条幅：尴尬亭里话尴尬，造了尴尬不尴尬，尴尬之人逢尴尬，休教尴尬弄尴尬。

现在亭子已修过多次，柱子上的尴尬诗也不见了，但不少人还是说得出来，并称颂石阜方徐氏的美德，亭子也一直叫尴尬亭没变。

古亭作为一种历史的遗存，到今天虽然实用功能不再像古时那样突出，但依然不减它的特殊价值。据民国《桐庐县志》记载，我县桐、分两县境内有路亭435座。至1985年尚存291座，然目前全县古亭已不满百。所幸在近年开展的文化礼堂建设中，古亭的特殊价值被重新认识，特别是古亭所承载的文化价值在地方文化中具有特殊的意义，是前人留给我们的宝贵精神文化遗产。

第五辑

人物春秋

"江山代有才人出，各领风骚数百年。"一个个光辉灿烂的名字，耕阜石阜的历代先贤，以敢为人先的精神，勇立潮头，继往开来。

石阜八贤

石阜村是建村历史悠久的古村落，方氏是石阜村中大姓，文化传承源远流长，方氏名人灿若星辰。历史人物如旗杆屋里的举人老爷和高路上平头屋里的拔贡老爷等。新中国成立后，有全国优秀人民警察方颖明、三级警监方国尧、北京科技大学教授方圣春，以及曾任桐庐县委书记的方仁祥（祖籍石阜）、县长方贤华、余姚市委副书记方文军等。据《桐庐县志》记载，自元末至民国，石阜有方氏五贤：劝农之方礼、济民之方发培、护民之方金琢、化民之方骥才、悬壶之方游；现据资料新增三贤：维民之方辛、救民之方祖昌、为民之方逸夫。此八人是数百年中石阜之英才，名记于县志，声传于民间。这里，根据县志记载及村人口传，将八贤轶事收集整理，并按大致年代先后列出，以飨读者，以励后人。

方礼不愿为官诚心劝农

方礼，字思义，号丹泉，桐庐定安乡（今江南镇）石阜村人。为人慷慨好义，仁厚好施；爱学诸子百家典籍，尤爱

作诗文，是名闻江南的文博。可他不求做官，愿诚心劝农，深受乡亲爱戴。

元朝末年，战乱频繁，田地大多荒芜。元朝灭亡，明朝建立，太祖朱元璋命令地方官员勘验荒芜田地，令军士至各乡村"军屯"，一面开荒种地，一面担负防守之责。然而，"军屯"常有扰乱地方、侵害百姓之事发生。方礼看到这种情况，便放弃平时研作诗文之乐，奋勇向上提出"包荒"的办法，改"军屯"为"民屯"。为了发动更多的人投入垦复荒芜田地，他准备了多种播种法，吟成《劝农歌》，不辞劳苦奔赴各地劝耕，并身体力行，率领家人带头垦荒。四乡八里农民为之感动，纷纷响应垦荒，不仅使桐庐下南乡一带的荒芜土地得以很快垦复，而且"军屯"扰民之灾也随之被消除。地方上出现了"民耕物阜"安乐太平的兴旺景象。方礼还注意为地方行善举。据乾隆《桐庐县志》记载，明洪武年间，他在县城东南十三里处即岩桥村建了一座方家桥，邑人甚是感激。

方礼劝民垦荒取得如此大的成果，浙江巡抚得知后，向朝廷推荐，拟任他以官职。方礼又绘了一幅《耕阜图》送上，谢绝了巡抚的推荐。并作诗以表逸志："乐隐因辞轩冕，谋生且学耕耘。高风千古谁推论，堪与严陵相并。南亩乘时播种，落实到处缤纷。此间离乱未曾闻，仿佛桃源风景。"阐明了他要像"不事王侯，耕钓终身"的严子陵一样，坚持"有志劝农稼穑，无意离乡为官"的志向。这幅《耕阜图》送至京城，京师官吏士林竞相争阅，赋诗赞颂。当时在京城吟咏《耕阜图》诗词颇多。为了扩大影响，由长史郑楷为序，翰林院郑棠为跋，编成专集，向社会传播，以劝民耕。

方礼的《耕阜图》是国家文物国宝，据说珍藏在北京故宫博物院明史馆中。这是石阜方氏子孙的骄傲。

附县志原文：

方礼，字思义，号丹泉，定安乡人。笃於孝友，乡间化之。性嗜古，诸子百家靡不毕贯。尤善诗，勿求闻达，仁厚好施。元末大乱，田土多芜秽不治。明初命官勘验，悉令军士坐屯。礼奋身包荒，倡民开垦。作《田家咏》，备诸播种之法以劝耕。远近取则，其乡六里，至今无屯军之扰，人皆德之。尝与汪改、俞深，义门郑沂诸公为友。康里子山累荐而辟之。礼上所绘《耕阜图》，以示其志。

方发培千石粮食赈济灾民

方发培，字达材，清朝时桐庐定安乡石阜村人。家庭富饶，仅余粮就藏有一千余石。他平生多行善举，尤其是遇到发生重大灾害，关系人命关天的大事急需开支，他总是慷慨解囊。道光年间，灾害频发。据《桐庐县志·灾情》记载：道光十三年（1833）大旱，禾苗枯尽，高粱价涨至每石银二十两，民食草根、观音土等物过日。十五年又大旱，田禾枯尽，得雨后根抽二花，灾民累累。面对如此大的灾害，方发培二话不说，先后将家里储藏的千余石粮食拿出来赈救灾民。得粮灾民上门去感谢，有的还说待来年丰收后一定来偿还。方发培则再三告知说，我是送给你们的，不求偿还，是我的一点心意，不要说要还我，绝对不要说要还我。由于他慷慨放粮赈灾，里中有数百户灾民赖以全活。方发培这放粮赈灾的义举，远近闻名，后

世传颂不衰。

有好父亲，也有好儿子。方发培的从子名叫庚泉，号星祥，少有胆识。同治初年出门经商，载货物从江淮返棹回来，途中被乱军所劫。同舟的商人见状都被吓得上岸逃跑了，而庚泉独自一人，大胆地对乱军首领说，为人要以德为先走正道，不该为一点暂时私利而忘大义。这乱军首领被庚泉这种不怕死的铁骨精神所感动，后来又得知用千石粮食救灾民的方发培就是眼前这个叫庚泉的人的父亲，便二话不说将货船不损一物全部归还了庚泉。庚泉又毫无私念地将货物分给逃逸上岸的各位商人。这些商人为表示感恩，要送些货物给庚泉，他就是点滴不收。所以民间多称其父子是一对大义人，大好人。

附县志原文：

方发培，字达材，定安乡石阜庄人，家饶于资。道光间岁屡歉，里民艰于得食，出其藏粟千余石，尽以施赈，不复取偿。里人数百户赖以全活，至今传颂不衰。从子庚泉，号星祥，少有胆识。同治初，载货自江淮返棹，为乱军所劫，同舟诸贾皆逸，庚泉独向其酋开陈大义。酋壮之，为查斩所劫者，而以货船归之，则仍以货分诸贾，远近义之。

方金琢为民所益敢说敢为

方金琢，字古香，桐庐定安乡石阜村人，自幼好学，有抱负、有谋略、有志向，好仗义为人，倍受乡里拥戴。壮年时他担任负责维护地方治安的民团团长，他不负众望，为民

有益之事，皆敢说敢为。

清咸丰十年（1860），太平军攻克杭州后留驻在新城，有次欲从新城渌渚下港结筏渡江到江南窄溪、深澳、石阜、珠山一带来。可此际的太平军，已不是当年洪秀全所说的为实现"天下一家，共享太平"的理想而奋斗了，而是领导集团内部争权夺利，互相残杀，已不能维持严明纪律，以致进入各地的太平军士兵以掳掠抢劫为多，有的甚至烧杀，被百姓骂成"长毛反"。方金琢深知让驻新城的太平军渡江到江南，江南百姓一定要遭殃。为了维护江南百姓的利益，保护他们人身和财产安全，方金琢便不顾个人安危，奋勇率领数百民团成员勇敢阻挡。同时，要求有船的人家一律将船停泊在江南窄溪附近，绝不要往江北开。这样相持了三个昼夜，太平军始终不得渡江，终使江南无恙，百姓避免了一场被掳掠抢劫的灾难。

驻新城太平军欲南渡扰民之事平息后，又有地方赋税官提议要"地税概当田科"向上呈报。众绅士唯唯点头同意，而方金琢则站出来坚决反对。因为"地税概当田科"之议，就是要将一般应由城市单位或个人缴的"城郭之赋"改为"农业税"，由农村农民来负担。方金琢认为农民尤其是佃农，向土地占有者地主缴地租已不堪重负，如再将一般应由城市缴的税强加到农民头上由农民来缴，是不合理、不合法、不道德、昧良心的。为了不使农民加重不合理负担，便竭力与官府抗争，引章分辩，官方不得不取消此议。方金琢此举，又让农民免除了一场乱加赋税之苦。

方金琢还珍惜人才。据《桐庐县志》记载：清桐庐县城人、太常寺卿袁昶微时，乱离失所。金琢一见异之，便留其数月，资以衣粮，使其离开桐庐家乡到省城杭州去求学。后成为晚清名臣。方金琢年八十时，袁太常贺寿词云"桑下非无事，庐中知有人"，以表不胜知遇之感。

附县志原文：

方金琢，字古香，定安乡石阜庄人，邑诸生。少有志略，粤军踞杭之新城，欲自下港结筏南渡，金琢励众拒之，相持三昼夜，卒不得渡，江以南得无恙。乱后清赋官议地税概当田科，众绅唯唯，金琢力与官抗，引章分辩，得无申税之苦。袁太常微时，乱难失所。金琢一见异之，留家数月，资以衣粮，俾游学省垣，卒为名臣。金琢年八十，太常寿以诗云："桑下非无士，庐中知有人。"盖不胜知己之感焉。

方骥才品学纯正君子贤儒

方骥才，字璎云，号壶山，别号不伧翁，清桐庐定安乡石阜村人。岁贡生，自幼聪颖好学。及长，专心致志学习研究北宋哲学家、理学奠基人程颢、程颐提倡的性理之学，主张为学之道在"穷天理，去人欲"，竭力维护三纲五常。方骥才受此影响，对规定的道德和行为准则，他从不随便，不马虎，总是严格履行。更因其为人方直无私念，又行事严肃认真，在乡村邻里中威信甚高，众人对他既十分崇敬也稍带有畏惧感。所以村里百姓有纠纷、争执，往往暗地自行稍稍化解，不致酿成大的争斗。村民都能和睦相处，欢乐平安过日子。

桐庐邑令何维仁得知方骥才为人品行高尚，想要会见他，约了三次都没有见到；特意上门拜访，方骥才又不肯见。门人都以为方骥才如此不肯见，实乃背理失常。何县令并不计较方骥才的背理失常，始终重视他的高尚品行，要保举他为孝廉方正，以便进入仕途，授与官职（孝廉方正，授以知县等官及教职）。可方骥才又借口自己年纪太大了而推辞。何县令始终敬仰方骥才为人的高尚品行，特别赠予"品学纯正"匾额勉励。附近村中农夫樵子和平民百姓又赠给方骥才"是君子儒"的匾额。

方骥才系邑内文豪，著有《柏堂文稿》《秋芙蓉文集》《觉昨非轩诗草》《不伧翁笑笑集》等诗文集。桐庐县志载其诗二十首，自序一篇，他序一篇。方骥才逝世后，门人袁梦、袁菜等人私谥他为"道南先生"。

附县志原文：

方骥才，字躞云，号壶山，别号不伧翁，定安石阜庄人，岁贡生。剋心程邵之学，制行不拘乡里，惮其方直稍稍化之。邑令何维仁欲见之，凡三请，而不得，特访之，又不肯见。门人皆以为请，始出逆焉。何令高其行，保举孝廉方正。以年老辞。赠"品学纯正"额。宋广文时，樵额以"是君子儒"。及卒，门人袁梦、袁菜辈私谥为道南先生。著有《柏堂文稿》《读左管见》《秋芙蓉集》《觉昨轩诗草》。

附：方壶山（骥才）高徒

袁昶，原名振蟾，未冠，补诸生，遂遭乱，受业于壶山，肄业诂经精舍。同治六年举人，光绪二年进士，九年考补总理各国事务衙门汉章京，历充会典馆、方略馆、天文算学馆诸差，壬辰科分校礼闱；任安徽芜湖道三载，报政称最。戊戌陛见，奏对称旨，诏给三品京堂衔，留内用，命在总理各国事务衙门行走。明年除太常寺卿。

吴苏庭，受业于壶山方先生之门。笔致韶秀，年甫十二即能临摹古名人法帖。厥后赴县试，遂冠一军，受知于张霁亭侍郎，补博士弟子员。时制艺试帖，皆有可观，惟锐意攻书法。自王右军及欧、颜、褚、苏无不学，而尤长于米。

袁寿康，字迪民，晚号盘谷，清诸生。师方壶山先生，治经学，好为诗、古文辞，兼致力性道，为陆王之学。性孝友，笃于内行，操行高洁，未尝一履公庭。常以书史自娱，非疾病不废吟诵。文宗昌黎，诗法少陵，皆雄迈有奇气。著有《盘谷文存》二卷；《盘谷遗稿》一卷；《盘谷杂录》二卷。民国十一年，从祀乡贤。

方辛勇敢刚烈保卫家乡

方辛，原名毓瑞，字效庄，号云岩，清桐庐定安乡石阜村人。天资英绝，下笔千言立就。十六岁时应岁考，学使罗文俊试以《大成殿赋》，方辛用鲁灵光赋原韵。罗文俊因此十分器重之，提方辛入浙江榜贡生。二十六岁时，考试中式名榜，名闻京师。当时英武殿大学士卓秉恬，十分欣赏方辛的才华，特意邀请他为自己的两个儿子当老师。此后，方辛曾四次考试举人、进士，可惜礼部不第。有才不得施展，使他深感失意。

方辛能文也能武。他善剑术，更善搏法，能持棍棒击败持锋利刀枪的对手。

咸丰十年（1864），方辛从京师回归故里，咸丰十一年九月，太平军复占桐庐，踪迹所至，多以抢劫掳掠为事，甚至还杀人放火，受害百姓骂为"长毛反"。有一些太平军将领见方辛体貌英伟，想要生擒方辛，所以只对他手持快刀威吓，实际并不下死手。可是本来就已经恨透长毛抢劫烧杀家乡的方辛，狠狠夺过长毛手中的刀，连毙数人，长毛就纷纷聚集围攻方辛，刺伤了他的鼻子，他仍然忍痛与长毛格斗，最后终因伤势过重，扑倒在地。乡里人急忙鸣号告知，乡人纷纷聚集，长毛见势众力猛，就惊散逃脱了。

家人抬方辛到大桐洲医治，可惜已不可治了。他临终前还喃喃口占"征马归来病七秋，区区独抱杞人忧。干戈扰乱何时息，郡邑摧残到处愁……"当时是咸丰十一年十一月十一日。

事平之后，诏恤方辛云都骑尉职，从祀忠义祠。方辛生平著有《月斋香文稿》《云岩诗草》《萝花馆赋抄》等。入《桐庐县志·文学》。

附县志原文：

方辛，原名毓瑞，字效庄，号云岩，定安乡人。天姿英绝，有览辄记，下笔千言立就。年十六时应岁试，学使罗文俊试以《大成殿赋》，辛用《鲁灵光殿赋》原韵。罗深器之，提入诂经精舍肄业。道光甲辰中副车，丙午登贤书，名噪京师，卓相国尤重其人，命其二子师事之。四试礼部不第，乃侘傺。归时则粤军已蔓及浙境矣，辛尝习手搏法，能持梃斗白刃，又善剑术。初北上时，山东道上遇贼三十余，舞双剑格斗，斩其五，余如鸟兽散。及粤军至见其体貌英伟，欲生得之，手利刃相胁，辛夺其刃，连毙数人。众兵猬集，刃伤辛鼻，犹格斗，移时创甚，踣于地。里人鸣角趋集，众兵乃惊散。家人舁辛至大桐洲，而已不可治矣。垂绝时，犹喃喃口占二律而卒，时咸丰十一年十一月十一日也。附录剩句："征马归来病七秋，区区独抱杞人忧；干戈扰乱何时息，郡邑摧残到处愁。□□□□□□，□□□□□□；防身一剑如霜□，未肯献敕学楚囚。白发如丝近六旬，回思征马快平津；文章满腹成何事，碑碣留名念此身。□□□□□□，□□□□□□。郭公裴相皆人耳，□□□□□□□。事平，诏恤云骑尉世职，从祀忠义祠。生平著有《月香斋文稿》《云岩诗草》《萝花馆赋抄》酬应杂存遭燹俱佚。袁炯搜其遗稿，仅存诗二十二首，刊入《桐江耆隐集》。

方祖昌全心从医为民治病

方祖昌，字东山，清桐庐定安乡石皋村人。为邑内名儒、抗击"长毛"殉难义士方辛之子，荫袭云骑尉。善琴学、通画理，所绘《松鹰图》风格独特，栩栩如生，深受画坛及时人赞赏，广为传扬。不过他的一生，主要还是全心从医，诚心为民治病。

他为了更好地为民治病，对中医传统医疗方法：望、闻、问、切"四诊"，以及阴、阳、表、里、寒、热、虚、实，八类证候（中医称"八纲"）认真学习，严格掌握。他特别着力于"四诊"中的"望"字，即运用敏锐的视觉，对病人的神、色、形、态，以及分泌物、排泄物质色异常变化，进行有目的的观察，从而获得有关病情的治疗方法。也有人说这"望"字对他还有特别的意义，就是他对病人特别关心，经常上门去看望，这其实也是一种有效的心理治疗法。

方祖昌的医德医术，《桐庐县志》有记载："能随症施治，应手立效，得力于望字为多。""能随症施治"，说明他医德好，为医责任心强；"能应手立效"，说明他医术高明，治病疗效好。因此，经他手治好的病人众多，以致数百里外的病人，慕名纷纷赶来求医。据《县志》记载，多至"限户为穿"，就是说上门求治的病人，多得屋里挤不进去，连门槛也被踏穿了。桐庐县令萧文斌特赠给他"术契岐黄"四字额，表扬他的医德医技，已像传说中的远古医药鼻祖岐山和黄帝了。这虽是赞美之词，却也说明了方祖昌的医德医技之高。

附县志原文：

方祖昌，字东山，为名儒。辛子，荫袭云骑尉。善琴学，通画理，所绘《松鹰》深得乃父传。而尤精于医，随症施治，应手立效。得力于"望"字为多，求治者来自数百里，户限为穿。邑侯萧文斌额赠"术契岐黄"四字。

方逸夫革命维新不畏强权

方逸夫，桐庐阜义乡石阜村人，生于1884年。22岁留学日本东京，毕业于东京早稻田大学。在日本期间，由于中国甲午战争战败，被迫签订了《马关条约》；八国联军入侵北京，又被迫签了《辛丑条约》，日本人说支那人是亡国奴，这使得血气方刚的方逸夫甚觉奇耻大辱，于是他在日本追随孙中山先生，加入了中国同盟会，

进行了一系列反清活动。26 岁回国后，先后参加了光复严州、光复桐庐的战斗，曾在严州中学教书 6 年，担任过桐庐教育会长、桐庐警察局长、县议员、省议员等多项职务。北伐战争时期，曾收缴龙游北洋溃军枪支弹药；为革命军捐粮三千多石，捐钱 600 多银元。抗日战争时期，日本人曾要绑架他做维持会长，但方逸夫拒不出任，始终站在革命一方，与金萧支队保持着良好的关系。解放（战争）时期，曾瓦解过许多白匪，贡献军粮 5300 斤、勃郎宁手枪一支，购买爱国胜利公债 120 份，为个人购债数量占桐庐第一。新中国成立后，因其曾任国民党诸多伪职被判死刑，后改判有期徒刑 20 年。他在狱中表现良好，获得提前释放。于 1972 年在家乡去世，享年 89 岁。

关于方逸夫的抗日举动，笔者不作评判，因为历史资料最有说服力。《浙西日报》1942 年 6 月 10 日第 1 版有题为《桐南乡民千余人助军作战获奇功》的报道：【民族社桐庐讯】桐庐南乡乡民素称强悍好斗，北伐时代曾协助国民革命军，以檀树炮击溃孙传芳溃军，北佬会谓革命军炮弹有脚爪有尾巴（即鞋钉）即指此也。二十九年十月协助窄溪区署扼守江边，与敌对战半月，颇称英勇。去年四月浙东事变敌虽未窜入该地，但乡民协助军事运输补给亦甚得力。六月十一、十八两日在区署领导之下纠集土枪队协助××师作战极为猛烈，伤亡亦重斩获颇多，应优予褒恤之。兹闻此次两浙事变，该县党部郑书记长、士绅申屠莘、申屠百岂、方逸夫、方镜塘、俞成义等会于六月十一月发动民众五百余人，以土枪协助驻军×师，作战极为猛烈，当击毙敌四十余名，获得军马二十七匹，民众仅死五名、伤三名。又同月十六日，郑书记长等复发动民众六百余名，协助驻军作战，又击毙敌十余名，现悉浙西行署接报后，除予窄溪区五区长传令嘉奖外，其余出力乡民，亦拟查明后优予核奖云。

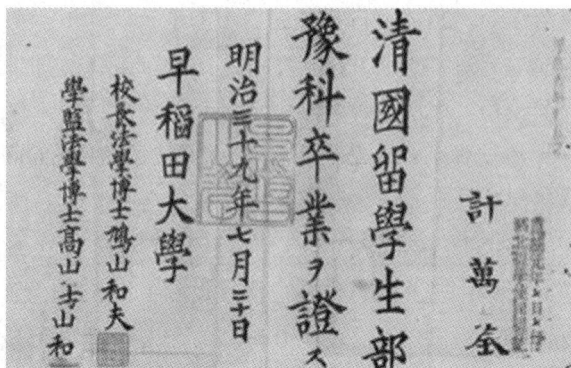

这则报道，就记录了当地乡民协助国民党驻军与日本侵略军作战的事迹。

方逸夫为人豁达，乐善好施。曾为庆祝父母大寿，在村西北路口建造了双庆亭，由中国同盟会会员、浙江省立第九师范学校（严州师范）首任校长包汝羲书写亭额，乡贤黄若望书写三副亭联。当年方逸夫41岁。十年后，方逸夫父母七十岁时，他又在村东边路口建造了再庆亭，以报乡泽。据说此亭对联为方逸夫亲笔，可见他的文采非凡。

在《三田李氏宗谱》中，有一篇《李洪奎、有二公合传》的文章，也为方逸夫所撰，署名为"清廪贡生日本早稻田大学毕业浙江第三届省议员桐庐县教育局长外甥婿方蛰"。行文洋洋洒洒，立论誉而中肯，足见其为人为文之风格。

笔者手中还有一份方逸夫写于1964年的《呈石阜公社评审会稿（重抄底稿）》复印件和他的临终遗言复印件。评审会稿交代了他的简要履历和思想认识，临终遗言则详细交代了家人他死后的各方

面注意事项："死后不要高声哭泣，不要转头，不要做七，不要
灵座；殡殓不要用丝绸包裹，身上只要一套干净的小衫裤，外罩
一套布衫就行。一切生前一刻也离不开的用具东西，如眼镜手杖
铅笔书报……一件也不要殉葬……不然就是暴殄天物。"其他如
下葬不要通知外面的亲朋，免得他们赶来；不要用板材；深葬，
不封不树，上与地平，上可种农作物，既不浪费一寸土地，又省
却扫墓之劳……且不说这些是否合乎人情，至少表达了他的科学
观和环境意识，其中的节约思想虽与当时国民经济状况密切相
关，但更源于他淡泊的心境和"人死如烛灭"的唯物观，读来让
人潜然又敬然。

方游救死扶伤抗日行医

方游（1897—1963），字鸥舫，
小名金润、阿稗，桐庐阜义乡石阜
村人。民国六年（1917）考入河北
保定医药专科学校，毕业后在北京
协和医院见习二年，获医药硕士学
位。学成归里，于民国十年在桐庐
县城创办本县第一家西医院——桐
江医院。民国十三年，复与钱绳武
在梅城开设长春医院，为建德最早创设之西医院。

民国十四年，方游应在粤同乡之邀，投身戎列。民国十五年
参加北伐。此后，他长期在国民党部队从事军医工作。曾任少校
卫生队长、军医处中校科长、军医院上校院长、第五战区兵站总
监部军监处长、国防部军医署医监顾问等职。抗日战争期间，方
游曾多次冒险抢救、转运国共双方抗日伤员，曾为共产党抗日将
领时任新四军第五师师长兼政委李先念治过病。民国三十一年五

月，从湖北襄阳大洪山撤下来的 30 余名北路军抗日伤员，流落樊城街头，无人照料。时任五战区兵站军医监处长的方游，闻讯即令下属"收容后即转院治疗"，终于使这批北路军抗日伤员得到了及时医治，伤愈后，仍奔赴前方抗日。

方游从事军医工作 20 余年，任内清廉自奉，恪尽职守，屡获上司嘉奖。先后被授予防疫奖章、抗日纪念章、胜利勋章、忠勤勋章，鄂北抗日战役中记功一次。

1949 年 10 月重庆解放，方游所在部队向人民解放军投诚。因其是国民党军中著名军医，在投诚前有上司暗嘱其去台湾，他不去，宁愿回归桐庐故里石阜开医务诊所为民治病。几次曾为骨髓病患者、因蛇伤而肢体坏死者做截肢手术，又为一外伤患者做右上臂植皮手术，这在桐庐医疗史上都属首例。并且他对穷人看病一般不收钱或少收钱，深得当地百姓赞许。1953 年 1 月，临安专署调他去省立临安医院（专署医院）任内科主任医师。专署撤销后，调至临安人民医院工作。1963 年病逝于家，享年 67 岁。

（本节内容参考申屠丹荣相关资料）

208

旧时军人

石阜村民自古以来就有保家卫国的优良传统。元末时的方礼犒军，"长毛反"时的方金琢拒敌和方辛英勇抗敌，抗日战争中更涌现出了许多平民英雄和英勇战士。如民国三十一年国军七十九师二三五团三营袭击驻窄溪日军战斗中协助作战并夺得一挺机枪的村民方宪初，在镇海抗日战斗中阵亡的国军暂编三十四师一团三营九连的方林堂，以及国军一八七师五十六团阵亡战士方湘荣和在抗战中失踪的方如金、方竹全等。《浙西日报》1942 年 6 月 10 日第 1 版曾以《桐南乡民千余人助军作战获奇功》为题报道桐庐江南人民抗日的英勇事迹，就包括石阜村民。历史会永远记住他们。

然在石阜村民口头流传的，更多的是少将和黄埔军校生的故事。据说，石阜村曾有多名国民党少将，也有多名黄埔军校生。因历史原因，以前的村人都是悄悄在口头间流传他们的故事。因没有足够的佐证材料，在此也仅凭有限的资料和村民的口传，作简单介绍。

如石联村人方书根，官至国民革命军某师少将师长，抗日战争胜利后曾回乡探亲，病逝后葬常山头山嘴角；石阜村人方游，笃志学医，考入保定医药专科学校，后投身戎列，参加北伐战争，一直晋升到国民革命军后勤总医院（重庆）少将院长……

　　黄埔军校自 1924 年在清朝陆军小学和海军学校校舍原址上创立，名称为"中国国民党陆军军官学校"，1926 年改名扩大为"中央军事政治学校"，1929 年改名"国民革命军黄埔军官学校"，1931 年南京国民政府改制为"中央陆军军官学校"，到 1946 年末改名"中华民国陆军军官学校"，1950 年 10 月台湾当局在台湾高雄凤山区"复建"所谓的"陆军军官学校"。但一般主要指创立初期至 1930 年间国民党在广东广州黄埔区长洲岛的军校。从广义上讲，黄埔军校也包括广州之外的中国国民党及中华民国政府兴办的武汉、南京、潮州、洛阳、湖南、湖北、江西、广州、成都、昆明、南宁、西安、新疆等各地分校。

　　应该说，黄埔军校是中国近代最著名的军事学校，军校创立目的是为国民革命训练军官，培养了许多在抗日战争中闻名的指挥官，其学员是国民政府北伐战争统一中国的主要军力。

　　从 1924 年至 1949 年，第一期到第二十三期，黄埔军校共培养 32 万名各级军官，其中 1924 年到 1929 年共培养了七期 13000 余人。这些人中的多数形成了国民党中央军的骨干——"黄埔系"。

不容忽视的是，在黄埔军校的初期，有许多中共党员任教官，如周恩来曾任政治部副主任、主任，叶剑英曾任教授部副主任，聂荣臻曾任政治部秘书兼政治教官，恽代英曾任总政治教官、武汉分校校务委员，项英曾

方应龙	正中	21	贵州遵义	贵州遵义晚水湾第三十一号
方凯	简阁	27	四川简阳	四川简阳草池镇郑夕
方祖椿	晢军	23	福建莆田	福建莆田祥前方宅
方甘仲	希召	23	广东开平	广州市宝源路八九号转
方中	樱三	24	安徽望江	安徽怀宁石牌新坝高士岭郭屋转
方从哲	亭	20	浙江桐庐	浙江桐庐亭慕下石阜

任武汉分校政治教官，陈毅曾任武汉分校政治部文书、中共武汉分校党委书记，董必武曾任武汉分校校务委员，陈潭秋曾任武汉分校政治教官，李达曾任武汉分校政治教官、代理政治总教官，郭沫若、瞿秋白、萧楚女等曾任政治部教官，毛泽覃曾任政治部科员等。

在此背景下，再来谈石阜村的黄埔军校生，就比较轻松了。

据调查，有资料确认的石阜籍黄埔军校生有 3 位，他们是：第五期方知（匡高）、十八期方增清（至今未找到其明确的后人）、二十期方从哲（石合存经堂人）。据网络资料：黄埔军校五期于 1926 年 8 月开学，分步兵科、炮兵科、工兵科、经理科、政治科，共 5 个科。1927 年 7 月 20 日转至南京学习，8 月 15 日毕业，计 2418 人。第十八期学生分 2 个总队。第一总队于 1941 年 4 月 1 日入伍，1943 年 2 月毕业于成都北校场，计 1600 人；

第二总队于 1941 年 11 月 25 日入伍，1943 年 10 月 8 日毕业于成都南校场，计 1237 人。第二十期学生于 1944 年 3 月 20 日入伍，分步兵、骑兵、炮兵、通信兵、辎重兵、工兵 6 个科，1946 年春并广西 6 分校学生入校，1946 年 12 月 25 日毕业于成都北校场，计 1116 人。

据胡明豪撰写的《少将方匡高的简历及生平事迹》显示，方匡高（又名方知、字行之）（笔者注：其实应是原名方知，字行之，石五村人），生于 1904 年。幼时就读于石阜拔贡方匡勋私塾，后考入浙江省第九师范学校（严州师范），毕业后受聘于徐家山小学。后考入黄埔军校五期。1927 年被分配到 21 师补充团任见习排长，参加北伐战争，北伐战争胜利后调回南京训练并毕业。1930 年到宪兵第一团任排长，后历任连长、营长、副团长。1937 年参加南京保卫战。1940 年升任四川成都宪兵二团团长，任职期间爱护下属，广交朋友。1946 年底调任北平市警察局西单内二分局局长，1947 年回乡处理与邻村械斗纠纷，后未回北平复职。1949 年未受省政府所发接替桐庐县长之邀，去东毛村任教。1950 年被捕入狱，1975 年遇特赦回乡养老。1987 年 2 月 1 日因脑溢血离世，享年 84 岁。

据方长生先生整理的资料，方匡高生前曾说，他在黄埔军校学习期间，正值国共合作，与共产党员叶飞为同班同学，且同睡上下铺。后在国民党"清党"时，叶飞秘密撤离，被国民党通缉。一次方匡高带三人巡逻，偶遇叶飞，方匡高设计放走叶飞并告知速离广州。方匡高遇特赦回乡后，还曾与时任中国人民解放军海军司令员的叶飞通信。但据方匡高孙子方少华称，与方匡高同室学友是陶铸，而非叶飞。根据胡明豪的资料，陶铸为方匡高黄埔军校期间同学；遇特赦后，因怀疑时任中国人民解放军海军司令员的叶飞即其当年部下宪兵班长叶一飞，还特意写信求证，未得确认。

笔者查找相关资料显示，方匡高与叶飞为黄埔军校同学一事，疑点颇多。因为叶飞生于1914年5月7日，1926年方13岁，当年起先后就读于厦门中山中学和省立第十三中学，

第五期

方涤瑕　秀泉　23　江西九江　九江张人和号转

方知　行之　21　浙江　桐庐县窄溪镇迎远楼转石阜

方治球　锄平　24　安徽安庆　安庆太湖县老虎石

方遇　荣□　21　湖南常宁　西乡大堡邮局王美轩桃楼冲

1928年5月加入中国共产主义青年团，年底离校从事秘密革命工作。陶铸生于1908年1月16日，于1926年考入广州黄埔军校，同年加入中国共产党，为黄埔五期学员。两相比较，方少华和胡明豪的说法，至少在时间和经历上，方匡高与陶铸是有交集的。

如果方匡高当年放走共产党员同学一事属实，则足见其虽为国民党军政人员，却也支持至少同情过共产党人。当然，这些还是得以事实说话，历史自有公论。

同时，为必要的严谨起见，笔者也查找了网上关于国民党少将的相关名录资料，可惜未能查到石阜村几位少将的姓名。或许是网络资料不够全面，遗漏了一部分姓名；也或许是军人的神秘感和村人对军官的仰慕心理吧，口传中可能会有所夸大或失实。不管是属于哪种情况，在此作为村民的一种"口述历史"作一记录，权供研究者参考。

附：历任村干部名录

石阜村石阜自然村历任村主要领导名录

序号	姓名	任职起止年月	担任职务	村名
1	方佰炎	1949-1954	农会主任	石阜村石阜
2	方祥荣	1954-1956	农会主任	石阜村石阜
3	方浩元	1959-1974	支部书记	石阜村石阜
4	方江初	1974-1980 1959-1974	书记、大队长	石阜村石阜
5	方关秋	1980-1993 1974-1980	书记、大队长	石阜村石阜
6	吴永清	1981-1984 1987-2000	大队长、村长	石阜村石阜
7	方荣升	1984-1987	村主任	石阜村石阜
8	方炎秋	1993-2000	书记	石阜村石阜
9	方明亮	2000-2005	书记	石阜村石阜
10	方定君	2002-2005	村主任	石阜村石阜

石阜村石丰自然村历任村主要领导名录

序号	姓名	任职起止年月	担任职务	村名
1	方明权	1949-1950	农会主任	石阜村石丰
2	方云洪	1950-1961	农会主任	石阜村石丰
3	方国财	1955-1981 1950-1955	书记、农会主任	石阜村石丰
4	方云罗	1964-1973	大队长	石阜村石丰
5	舒文道	1973-1981	大队长	石阜村石丰
6	方志刚	1981-1991	书记	石阜村石丰
7	方樟余	1981-1984	大队长	石阜村石丰
8	方秋松	1984-2000	村主任	石阜村石丰
9	方关田	1991-1997	书记	石阜村石丰
10	方忠平	1997-2001	书记	石阜村石丰
11	方文涛	2002-2005	书记	石阜村石丰

石阜村石联自然村历任村主要领导名录

序号	姓名	任职起止年月	担任职务	村名
1	方关寿	1950-1953	农会主任	石阜村石联
2	方炎如	1953-1960 1967-1978	书记	石阜村石联
3	方庆元	1960-1965	书记	石阜村石联
4	方会祥	1965-1967	书记	石阜村石联
5	方荣进	1978-1981 1976-1978	书记、大队长	石阜村石联
6	方炳春	1981-1986 1978-1981	书记、大队长	石阜村石联
7	方炳春	1981-1989 1989-1996	书记、大队长 村主任	石阜村石联
8	方振华	1986-1989	书记	石阜村石联
9	方荣源	1996-2001 2001-2004	村主任、书记	石阜村石联
10	方权申	1996-2001	书记	石阜村石联
11	包竹炎	2002-2005	村主任	石阜村石联

石阜村石合自然村历任村主要领导名录

序号	姓名	任职起止年月	担任职务	村名
1	方罗祥	1949-1952	农会主任	石阜村石合
2	方林松	1952-1953 1973-1974	农会主任、革命组长	石阜村石合
3	方加修	1954-1957	农会主任	石阜村石合
4	方加金	1957-1959	书记	石阜村石合
5	方志升	1959-1966	大队长	石阜村石合
6	方洪生	1967-1969	书记	石阜村石合
7	方恒刚	1961-1967 1969-1984	书记	石阜村石合
8	方国顺	1977-1984	大队长	石阜村石合

续表

序号	姓名	任职起止年月	担任职务	村名
9	方增尧	1984—1991	书记	石阜村石合
10	方金祖	1984—1987	村主任	石阜村石合
11	方孝均	1987—1993	村主任	石阜村石合
12	方康君	1992—2000 2002—2005	书记、村主任	石阜村石合
13	方良明	1994—2000 2002—2004	村主任、书记	石阜村石合
14	方瑞治	2004—2005	书记	石阜村石合

石阜村石伍自然村历任村主要领导名录

序号	姓名	任职起止年月	担任职务	村名
1	方匡明	1950—1951	农会主任	石阜村石伍
2	方松柱	1951—1956	农会主任	石阜村石伍
3	方长富	1961—1986	书记	石阜村石伍
4	方维志	1983—1984 1984—1989	大队长、村主任	石阜村石伍
5	方福初	1986—1997	书记	石阜村石伍
6	方芬项	1989—1997	村主任	石阜村石伍
7	方加千	1997—2005	书记	石阜村石伍
8	方国金	1997—2005	村主任	石阜村石伍

江南镇石阜行政村历任主要领导名录

序号	姓名	任职起止年月	担任职务	村名
1	方炳春	2005—2013	党委书记	石阜行政村
2	方君初	2005—至今	村委主任	石阜行政村
3	方明亮	2013—至今	党委书记	石阜行政村

第六辑

石阜故事

"六十年个谷子好出田个?"
"教得秧田壮耶!"精彩的传说
故事,浓缩了百姓的智慧,温
暖着村民的生活。历经千年,
至今流传。

方雷氏和梳子的由来

    轩辕黄帝第二妻室名叫方雷氏，是一位非常聪明的女人。在黄帝第一妻室嫘祖发明养蚕后，她创先发明了骨针。她把丝线穿在骨针尾部，缝起衣裳飞针走线，黄帝宫里大小妇女没有不佩服的。但是，有些事情仍然经常刻在方雷氏心里。她所掌管的黄帝后宫20多位女子，经常蓬头垢面，一遇到重大节日，她总要把这些女子叫来，逐人用她自己手指把每个女子头上蓬发一一捋顺。有时，连五个手指都捋破了。方雷氏为这些事经常发愁。有一年，河里发了一场大洪水，给黄帝发明舟船的狄货，从洪水中捞回比胳膊还粗的十九条大带鱼。他非要黄帝第三妻室肜鱼氏给他烧熟了吃。不料，肜鱼氏有病不能下床，狄货只好去找方雷氏。方雷氏按照肜鱼氏平时烧鱼的方法，把石板用柴火烧热，把带鱼放在石板，上下翻烤，不一会带鱼就烧熟了。狄货一口气吃了3条，鱼刺堆了一地。方雷氏随手拣起一根，折了一节，左看右看，非常美观，不由得用带鱼刺梳刷披在自己肩上的乱发。开始，她是无意，谁知，不大一会，蓬乱的头发被梳得整整齐齐。连她自己也弄不懂为啥蓬乱的长头发，用鱼刺能捋得这么顺，梳得这么整齐。方雷氏把这些带鱼刺暗暗收藏起来。

    第二天她就把这些带鱼刺折成二手指长的短节节，叫来她身边的所有女子，一人发给一段带鱼刺，教她们如何梳头发。一群女子嘻嘻哈哈都动手梳起来。开始，有的女子不会使用，鱼刺扎进头皮，有的用力过大，一下子把带鱼刺折断了。有的女子还说，这还不如用两手指头理头发，又保险还能抓痒。此事虽然失败了，但方雷氏并没有放弃带鱼刺对她的启发。用什么东西能代替带鱼刺呢？方雷氏苦苦思索，日夜设想。有一天，她遇见黄帝手下专做木工的睡儿，她把带鱼刺拿出来，要求睡儿依照带鱼刺，做一把木质的梳子。睡儿看了看带鱼刺，告诉方雷氏，可以做，就是没有这种工具。不过，先让我试一试。

没有几天，睡儿用一块木板作成一把带鱼刺式的梳子，拿来叫方雷氏看。方雷氏不看则罢，一看，噗哧一下笑得直不起腰来。睡儿不明白什么意思，方雷氏笑着说，这刺比手指头还粗，简直像个耙地的耙子，这怎么能用来梳头发呢？睡儿也笑了。但他并没叫方雷氏失望。回去后，他叫几个会做木工活的弟兄，一起商量研究，最后终于用竹子给方雷氏做成了一把梳子。方雷氏看后，非常高兴。中华民族妇女从此就开始了使用梳子的时代。难怪陕西乾陵永泰公主坟墓里出土的那把"憎爱分明梳"和带鱼刺非常相似。

八月初一时节的由来

桐庐南乡的"过时节"，各村各庄每年都有个特定的日子，大家一起闹闹热热，名气蛮大。这种习俗是从什么时候开始的，很难考证。但大家都普遍认为，这一带过时节，每年都是从石阜的八月初一开始的。那么八月初一过时节，又是怎么来的呢？

据说石阜方姓，是在1173年由方逸带了儿子从浦江来石阜开始定住下来的，到现在已经有八百多年的历史了，在当地也是个大姓。

到了明朝的时候，由于当时风调雨顺，村里的人口增加了很多。为了每年亲朋好友有一次聚会，可以互相沟通和联络，就决定作一个时节（选定一个日子）。当时村里经过多次商量，时节的日子选在每年农历八月初一。为什么要选这一天呢？主要考虑以下几方面的原因：

一是论早。把时节放在下半年，下半年是七月到十二月，但传统说法农历七月没有好日子，只有从八月开始，八月的第一天当然最早，因此定为八月初一。

二是要好。八月初一是好日子，据说还是唐明皇儿子的生日。

三是要闲。由于八月初一当时中稻已经收割好，大家相对比较空闲，不会影响农业生产；同时每家每户都有点粮食，能解决亲朋好友吃饭问题。

四是要便。八月初一天气比较热，如亲朋好友不回去，要在家里过夜，两张长凳搭上床板就可以了，甚至谷簟（晒谷用的竹制席状工具）在堂前中央一摊也可以应付，不用主人家担心床和棉被的事。

所以先辈们根据以上种种原因就选定了每年的农历八月初一这一天为石阜的时节。

当时每年选定出的这个时节，目的是把亲朋好友聚拢在一起，谈谈各家的事情，从情感上得到联络；另一个从物质上得到交流，哪一个亲朋好友缺什么，可以相互帮助，相互支持；后来发展到一些商家也利用这一日子来摆摊进行物资交换。

所以江南片过时节得到了大家的普遍认同，从石阜八月初一开始，到横山埠十一月二十止，南乡各村都有时节，并且一直延续到现在。

（本节来源于徐雪标收集整理的资料）

方干的故事

在唐朝的诗坛上，有一颗桐庐的亮星，他就是后人赞扬为"官无一寸禄，名传千万里"的方干。

方干的父亲叫方肃，善于诗文，与才子章八元是忘年交。章八元喜爱他的诗才，将女儿许配给方肃为妻。方干从小跟父亲读书识字，聪明伶俐，在当地被称为神童。桐庐诗人徐凝有一次经过方肃家门前，看见屋里小方干在堂前吟诗，很器重他，便进屋向他传授诗律。从此方干作诗的水平大有长进。

方干七岁那年，得到了很好的诗句，高兴得要命，结果跑来跑去，双脚一绊，跌倒在地，将嘴唇跌破了，从此留下终身残疾，弄得方肃夫妇心痛如刀割。小方干破了相，隔壁邻居给他取了个绰号叫"方缺嘴"。后来的情况发展到方干这一跌，不但毁了容貌，还把一生的前途也给毁了。

光阴似箭，方干长大成人。唐朝已经实行科举，要想进入官场，为家族争光，首先要考取功名。转眼间科举考试日期已到，

方干告别父母赴京赶考。方干在考场中做完文章，然后从头再看了一遍，觉得很满意，便交卷出场，回到客栈，等候好消息。

十年寒窗，为的就是金榜题名这一天。过了一段时间，皇榜贴出来了，围观的是人山人海。那些举子们一个个都伸长了头颈，瞪圆了眼睛，拼命往前挤。凡是在榜上见到自己名字的，都春风得意，欣喜若狂，奔走相告；而那些没有考中的举子，都垂头丧气，痛哭流涕。方干本来想想功名富贵，就好像囊中取物，容易得很，哪里晓得从开头一直看到榜末，就是没有找到他的名字。他叹了口气，扫兴而归。为什么榜上无名？还不是缺唇的缘故，考试成绩蛮不错，却因为有人认为他缺唇样子不好，没有当官的应有仪表。方干还蒙在鼓里，以为名落孙山是因为自己考得不好。

后来听说钱塘（今杭州）太守姚合看重人才，方干就带着自己的诗稿去拜见。方干向姚合说明来意，将诗稿呈上。想不到姚合看到方干容貌丑陋，也看他不起，接过诗稿看都不看就丢在了案桌上。方干见自己受到姚合的冷落，也就告辞回家了。落魄才子方干，可惜胸中有三千丈豪气，笔下有数千首奇诗。

有一天，姚合空闲无事，随手从案桌上拿起《方干诗稿》来看，看后大为惊叹，连声说："好诗、好诗！"称方干是个难得的人才。姚合责怪自己不应该以貌取人。过了几天，堂堂钱塘太守亲自来到睦州，登门看望诗人方干。姚合向方干道歉，并邀请方干到他府中去做客。方干在姚合的真诚邀请下去了钱塘。

方干在姚合府中，受到热情招待。他们谈《诗经》，论诗律，有相见恨晚的感觉。他们游西湖，登吴山，上灵隐，下九溪，赏景咏诗。姚合让方干在自己的府中一连待了几十天，才让方干回家。

诗是好的，才是有的，容貌是丑的，科举的机会是没有的。于是方干就不再对科举考试寄予希望了，还是回到了桐庐白云源。

　　这里富春江对面就是严子陵钓台。东汉严子陵放弃高官厚禄隐居在富春山，后人称这里为严子陵钓台。方干在白云源隐居，以吟诗作赋为娱乐，常常与寓居桐江的江西南昌人喻凫、寿昌诗人李频、翁洮等咏诗唱和，诗来歌往，关系非常密切。

　　唐宣宗大中年间，方干到会稽（今绍兴）寻创别业，从此流寓鉴湖。方干在鉴湖北造了个茅斋，茅斋四周种着花草树木，同前来的客人一同欣赏。有弟子洪农、杨弇、释居远等同他一道赏景酬唱。在这样的美景佳境之中，方干也感受到生活的美好，忘掉了人生的千愁万绪、恩怨是非和成败得失。

　　唐懿宗咸通时，越州（今绍兴）太守、浙东观察使王龟听说方干是个贤人，住在鉴湖，便亲自来拜访他。双方一经交谈，王龟觉得方干不仅有才华，而且为人耿直，很适合做谏官，于是极力向朝廷推荐。可惜不久王龟就过世了，起用方干的事也就没有了下文。所以后人说方干是"身无一寸禄，名传千万里"。《四库全书》收有方干诗八卷，《全唐诗》编有方干诗六卷，流传至今。方干的子孙也很争气，在宋代考中进士的就有十八个，做到公卿高官的有十三人。一个小地方的一个姓氏能有这样多的人做到这么高的官，这在中国历史上都是少有的。

斛山阿太方礼的故事

九代单吊

桐南石阜，村民全姓方，人口超万（包括外迁），是桐庐的最大家庭之一。可是这方氏血脉，有一段时间还经历过濒临消亡的境地呢。

石阜方氏，祖籍淳安，后迁来桐庐白云源，有名人方干，是唐代诗人，因嘴缺，朝廷未放官，死后葬于白云源。他的第五代，迁浦江东坊。方腊起义，宋皇朝大杀方氏，方氏就跟外公姓陈，直到四四公逃到如今石阜仰卧山，才重新改姓方。

在仰卧山期间，丁口一直不发，父传子，子传孙，一代一男丁，一起单吊九代，到方礼，年过半百，但无一丁。谁知六十岁那年，事情发生了戏剧性转变，还留下了一个美丽的故事。

陈谷子发芽

方礼，六十岁，血气还很好。一天，他骑着一匹体高骠肥的白马，路过岩桥，忽见溪边一个女子正俯身槌衣，水中倒影显得十分美丽，方礼看见了，很是喜欢。为引起注意，故意让帽子掉下，然后就在马上脚不离蹬地把帽子捡起来。当姑娘朝他一看，并莞尔一笑时，他就勒马问："请问姑娘，六十年的陈谷子还会发芽吗？""那只要秧田壮（肥）啊！"方礼一听，满心欢喜。回家后，就请媒前去说亲。

姑娘的父亲，听后哈哈大笑，说，方礼年纪跟我差不多，我女儿才年方十八，这怎么可以呢？也罢，方礼如果能在岩桥溪上造一座茶源石桥，便利过往村民，我也就许了这门亲事。

茶源石产于淳安，与岩桥相距二百余里，要把石头运到这里，谈何容易。可方礼不惜倾家荡产，一年之间，就在溪上架起了崭新的茶源石桥，也就是至今仍然保存的方家桥。

方礼自从娶了岩桥姑娘，老竹根头爆嫩笋，竟一连生了三个儿子，三个儿子共生了九个孙子，从此子孙繁衍，逐渐发展成江南大姓。

方礼活了 86 岁，死后葬在斛山，现在人称斛山阿太。

得　宝

不要看现在的石阜范围蛮大，在元代末年时还是一片荒滩。

有年冬天，大雪纷飞，遍地银妆素裹。这天，方礼站在仰卧山上，远远地看着茫茫荒滩，不禁心里暗想，要是能把它改成良田，那该有多好啊。

突然，他发现了一个奇迹，在那白雪皑皑的荒滩之中，有一片地方，积雪一点也没有，它形似一只航行在银色大海里的大船，南端的那棵大樟树，粘满雪团，就像是鼓满了风的大帆。方礼越想越奇，突然，他一下想到了，边说："宝地宝地！"（其实是这里因有地下水，地温较高融化了雪造成的）一边便飞身回屋，动员家人，冒着严寒，就去那宝地上搭了个草蓬，住了下来，这就是今天石阜村的村址。

耕石头的人

翻开石阜村方氏族谱，清晰地记载着，方礼，字耕阜，号丹泉。今日石阜村的村名，就是因为他耕石头的缘故。

大源溪原来是经过现在的石阜地区后再分流成两条小溪流入富春江的。后来因为溪水改道，这才在现在石阜的地方留下了一片荒滩。方礼自从迁到这荒滩后，就披星戴月，废寝忘食地改造荒滩，造成良田。这其中，把当时一些实在难以处理的石头设点堆放，因为"阜"有石堆土堆的意思，他就把自己的字叫"耕阜"，就是躬耕石堆的人。

明朝建立之后，天下渐趋安定，加上朱元璋比较重视农耕，于是方礼不仅自己造田，还编了《劝耕歌》，绘了《耕阜图》，鼓动乡民一起造田。在他的带动下，造田风气大兴。后来田越造越多，所以石堆就星罗棋布。直到解放后，举目还能看到百余堆，俨然奇妙的石堆阵。由于耕阜而积石成堆，石阜的村名也就自然形成了。

朱元璋听到了方礼的农耕故事，很是高兴，为了奖励他，下旨免钱粮三年，并赏赐了一顶藤帽。方礼戴上这帽，不论见什么官都可以不用下跪。

可惜《劝耕歌》没有流传下来，那幅《耕阜图》，倒是听说还珍藏在北京故宫博物院明史馆里呢。

粥的风波

元朝末年，鞑子肆意虐待百姓，方礼十分气愤。

一年，朱元璋带兵跟鞑子打仗，经过石阜，方礼就打开了家里的所有谷柜，碾成米，谁知却还是不够大军一餐饭。方礼没法，只得为大家烧了一铺粥。

朱元璋一看是粥，心中大为恼火，立即对手下将官说："这方礼，听说陈友谅来时，他烧饭，现在我来了，他饭不烧，却烧粥，我看他是有意要让我们吃不饱肚子，杀不成鞑子，实在可恶！去，把方礼这厮给我杀了！"幸亏军师刘伯温听到，连忙制止。因为他知道方礼的犒军行为实在是义举，如果无端杀人有失民心，于是他凑到朱元璋耳朵边悄悄地说："主公勿怒，我看方礼今天烧粥，实在是个大吉大利的好兆头，也是一种良好的祝愿呢。"朱元璋问为什么？刘伯温就说："主公啊，我在这里附近待过，所以我知道这里的方言。这就叫：陈友谅是吃了他的饭，打仗就要败；如今主公是吃了他的粥，天下只要掬（方言与粥同音，是拾、捡、很容易就可得到的意思）。如果今天他也烧了饭，那才是不怀好意呢！

朱元璋一听，才转怒为喜，不再追究。后来建立明朝后，方礼画《耕阜图》劝农开垦，图传到京城，广为流传。朱元璋想让他当官，可惜他不愿意。要是别人，朱元璋还要因为有才能而不被王家所用而治他的罪。但方礼因为有这个故事，所以不仅没有获罪，还得到了一顶特制的大礼帽，听说见官都不用跪拜呢。

梧桐树为啥空心

有一次，朱元璋和元兵交锋，吃了个大败仗，逃到了大源溪边，只剩他孤身一人。

朱元璋抬头一看，前面溪水滔滔，连一只船的影子也没有。这时候，后面元兵又追上来了，"咿哩哇啦"的叫声都听见了。他想："前面大江阻道，无路可逃，后面追兵迫近，死路一条，唉，天灭我也！"牙一咬，要朝大源溪里跳。正在这辰光，只听远远传来一个声音："胜败乃兵家常事，何必灰心，留得青山在，不怕没柴烧！"朱元璋朝四周一看，不见人影。心想，莫非有神仙助我？他"叽"一下跪到地上对天磕了三个响头，说道："苍天在上，你如能助我脱险，我朱元璋永世不忘，我……"他话没说完，"哗——"刮起一阵狂风，周围一片高大的梧桐树叶纷纷落了下来，落了很厚很厚的一层，把朱元璋盖得严严实实。

元兵追到后，到处寻找，可是找了半天，连朱元璋的影子也不见，只得"咿哩哇啦"地叫着走了。

元兵走后，朱元璋才从梧桐树叶子下面爬出来。他非常感激梧桐树，就跪下说："树啊树，我老朱不会忘记你的救命之恩，日后我要是打下天下，一定封你为王。"

后来朱元璋果然打败了元兵，创立了明朝，做了开国皇帝。大概因为他事情太多，竟把梧桐树救他性命的事给忘记了。

　　时隔三年，一天下午他在花园里一棵大樟树下面乘凉，突然从树上落下几片叶子，这才使他想起了那件事，于是决定立即加封。可是封什么树呢？他怎么也想不起救他性命的究竟是什么树。他左看右看，觉得樟树最大、最挺拔，枝叶也最茂盛，所以就封了樟树为树中之王。

　　樟树受了封，身价百倍，高兴得不得了。梧桐树得知朱元璋封了樟树，气得生了一场大病，九九八十一天没吃东西，肚子饿得精空。

　　从那以后，梧桐树就都是空心的了。

马踏坵和洗马塘

石阜村有两个很不起眼的地方，叫洗马塘和马踏坵；石阜村有两个很有名气的地方，叫马踏坵和洗马塘。为什么这么说？因为这坵田和这个塘看上去真的很普通，与别的田别的塘还真看不出有什么不一样，所以说是两个很不起眼的地方；至于说很有名气吧，主要是这两个地名，那可是大有来头啊！

对，就是这名字背后的故事，才让村里人对它们津津乐道，至今还时常说起。

大家知道，明太祖朱元璋是个草根皇帝，他思考问题的方式和日常生活习惯，与他当年做普通老百姓时的经历有很大关系。当然喽，到底有什么关系，那是历史学家研究的课题。今天这里，我们只说说马踏坵与洗马塘这两个地名，和朱元璋之间的关系。

话说朱元璋打元朝官兵，经过石阜，发生了一铺粥的风波，差点抓了方礼，好在军师刘伯温及时解围，不仅没有造成失误，还获得了老百姓的一片叫好。大家可要知道，这生性骠悍的南乡人的民心，可不是那么好笼络的。其实这个时候朱元璋早已经知道民心的重要性，只有得民心才能得天下，这是刘伯温经常讲的，也是在这一路上打仗的经历中一再得到证明了。之所以还要生气，甚至要把方礼抓起来，估计也是朱元璋设计的一场戏，与刘伯温唱的一出双簧，为的就是收笼民心。

这边的事情刚处理得差不多，只见一个当地的村民就跑上前来告状了："将官老爷，你得赔我粮食。我的中稻长得好好的，让你的马吃了，还踏得一塌糊涂，眼看是没收成了。你得赔我。"

朱元璋还没搞清状况，又见一个兵士牵着他的战马过来了。那马是一身泥，显然是刚在田里撒欢了。

这又是哪一出？原来就在朱元璋处理方礼事件的当口，那兵士牵马去遛弯儿，不意看到路边一坩田的稻子长势特别好，正处在灌浆的好时候。那马就撩了几口，那味道可是太好了，那兵士也宠着将军的马，就索性解了缰绳，让马放开胆子吃了起来。等田主看到，好好一坩稻，被吃了不少，被踏倒更多。心痛之余，又敢怒不敢言。刚好看到那将军处理方礼的事，心想这个将军处理事情还算公正，或许可以讲讲理，就冒死前来告状。于是便有了前面那一幕。

事情的来龙去脉已经很清楚，处理却是个难题。朱元璋一下火起，就要杀了那兵士。又是刘伯温出来讲好话，把那兵士一顿恶骂，让他赔了田主的损失；又把那馋嘴马一顿猛抽，打得鲜血淋漓，咴咴直叫。过后才叫人把那马牵去附近塘里细心清洗，精心养护。

大军过后，老百姓都说朱元璋治军有方，刘伯温足智多谋，一定能打胜仗。果然，后来朱元璋率领的部队打败了元朝，建立了明朝天下。

于是，当年被马糟踏过的那坩田就被称为"马踏坩"，那个洗过马的池塘就叫"洗马塘"，一直流传到现在。

尴尬亭

马鞍山旁有条小溪，溪边有个凉亭，叫作"尴尬亭"。相传是一个小姐所造。

明朝末年，彰坞有个姓徐的闺女，嫁在石阜。夏季的一天，徐氏女子从娘家回来，刚来到马鞍山溪边路上，突然下起了倾盆大雨。她虽然坐着竹篼子，但这里的竹篼子是没有雨蓬的，她又没有带雨伞，在这前不着村后不靠店的野田畈里，哪有躲雨的地方呢？直淋得她嘴唇发紫，牙齿打架，浑身淌水，像只落汤鸡。

事后，她想想那天的尴尬处境，又联想到在那个地方吃这种苦头的人一定不少。她就用自己的私房钱在那个地方造起了一个亭子，取名为"尴尬亭"，并在亭子的墙壁上写了四句诗：

尴尬之人逢尴尬，想起尴尬造尴尬。
遇到尴尬进尴尬，有了尴尬不尴尬。

现在亭子已经翻修，亭子上的尴尬诗虽然不见了，但"尴尬亭"的名称却一直叫到现在。

狗头山和狗食钵

在石阜村背后，有一座山，名叫狗头山。山前有一口塘，名叫狗食钵。为什么会这样的呢，这里面有一个故事。

老早的辰光，这里住着一户姓方的人家。家里只有父女二人，另外就是一只狗了。这只狗特别聪明灵光。平日里，父亲在外种地，女儿就在家织布，狗嘛有时跟着去田地，有时在家陪女儿，日子过得倒也安定。

在他们家附近，还住着一个财主。有一天，财主和佣人经过方家，看到了姑娘正在织布。财主看到她长得像仙女一样漂亮，口水流得有三尺长，就想着怎么样才能弄到家里来当小老婆。第二天，他就叫了个媒婆上门来说亲了，姑娘哪里会同意，一口回报了。财主看到软的不行，就来硬的，带着一帮人去抢。姑娘的父亲看财主这样横行霸道，死死护着女儿，结果被活活打死了。狗看到主人被打死了，也与他们一起搏斗。可最终，姑娘还是被抢走了。

姑娘被抢走后，在财主家饭不吃，水不喝，别人再怎么劝也劝不进。这天夜里，趁着财主家里的人全睡着的时候，就想办法逃了出来。第二天，有人发现姑娘已经投河自杀了。乡亲们便把父女两人葬在了一起。

再讲家里的狗，因为失去了主人，也非常伤心，天天蹲在坟头边，也不吃不喝，只是默默流眼泪。有个好心人看到了，在狗面前放了一只狗食钵，并放了些吃的东西让狗吃，可是狗还是不吃，最后饿死了。人们觉得这只狗讲义气，就用土把它盖上。结果这堆土越来越高，越来越大，变成了一座山，样子就像是一只狗的头，大家就叫它狗头山。那只狗食钵呢，变成了一个水塘，可是大家还是叫它狗食钵，为的是纪念那只忠于主人的狗。

斛山石头为什么红色

相传远在三国时候，石阜地方有个财主，他是既小气又凶恶，对穷苦百姓非常苛刻。为了保牢自己的万贯家财和房产田地，还特地养了一只管家狗。这只管家狗长得又高大又凶猛，成天张着血盆大口，呲着锋利的牙齿，天天在田畈里转，只要看到穿粗衣烂衫的穷人，狗就狂叫追咬，弄得穷苦人路都不敢走，门也不敢出。

这一天，有个穷人砍柴回来，那只狗就盯上了他，一下子扑过来，穷人心一慌，一跤跌到了财主的田里。财主见穷人被他家的狗咬得浑身是血，得意极了，他不仅不帮穷人医伤，还说穷人弄坏了他家田里的庄稼，要穷人用摔在田里的一担柴赔他。

从这以后，这条管家狗就受到了财主的加倍爱护。狗呢，更加狗仗人势，见穷人就咬。村里被狗咬的，轻的卧床，重的丧命，人人都对这只管家狗又恨又怕，但又没有办法。

这事后来被天上的一位神仙知道了，马上奏明了玉帝，说如果一直这样下去，后果不堪设想啊。玉帝听了觉得有理，就派这位神仙下凡，来惩罚这个财主和这只恶狗。

神仙下凡，变成一个穷人，穿着破衣烂衫，抖脚抖手地走来。刚走到财主家的田边，这只恶狗就立马扑了过来。神仙不慌不忙，用手一指，说了声：死！那狗就趴在地上不动了。在田地干活的穷人看到管家狗死了，都很高兴，都走过来感谢。神仙笑笑说："你们以后只要好好劳动，就能过上好日子。"说完就准备走了。刚走了几步，那财主带了一帮狗腿子赶来了，大喊大叫着说："抓住那打狗贼，让他给狗偿命！"那神仙听后哈哈大笑，随手拎起死狗就朝财主那一帮人一扔，只听到震天响的一声，那死狗变成了一座石山，凭空压来，把财主和那帮狗腿子一起压到了山下面。

　　凶恶的财主和管家狗得到了应有的报应。那由狗变成的山，就是现在的斛山。

　　因为这是狗变的，所以石头全是淡红色的，还有一条条的血丝，就像狗肉一样。

蚂蟥的来历

　　南乡地方本来是没有蚂蟥这种吸血虫的，直到讨饭骨头圣旨口的罗隐来到这里后，因为一件事得罪了他，才有了蚂蟥。

　　原来是这样一回事情：

　　有一日，罗隐一路讨饭过来，到了南乡。当时红日头高照，肚皮饿得咕咕叫。刚好，这时有一个年轻女子从对面走来，手弯里挎着一只竹篮，篮里盖着一块手巾，风吹来，篮里飘来一阵阵饭香。罗隐闻得口水直流，肚皮是更加饿了。就迎上去，想讨一碗饭吃。

　　哪里知道那年轻女子死活不肯，说那是给她丈夫的午饭，绝对不能给别人吃的。本来她说的也没错，但罗隐实在是饿得不行，就一直跟她到了田头，又向她丈夫要饭吃。

　　女子的丈夫看到这个人这样死皮赖脸，自己扒了口饭，说："饭是我自己要吃的。喏，这里还有半碗我早上吃剩的麦馃汤，要吃嘛你拿去吃好了。"

　　罗隐没办法，只得拿过来吃了。但只一口，就吃出味道不好。原来因为天气太热，早上吃剩的麦馃汤已经有点变馊了，一般的人或许还不一定吃得出，或饥不择食也就算了，但罗隐是皇帝的嘴巴，哪里吃得了变馊的饭，很生气。心想这里的人太小气，竟然让他吃变馊的饭，就扑地一下，把半碗麦馃汤倒到了田里，还气愤地说："叫你这样小气，我要让麦馃汤变成蚂蟥，吸你的血，让你一下田就有苦头吃！"

罗隐的话音刚落，那些麦馃汤真的就变成了一条条软皮拉塌的蚂蟥，在水里游动起来，而且还真的专门叮人吃血。

捞毛纸不撒灰

一直以来，石阜地区以捞毛纸为重要副业。有一天，罗隐讨饭经过这里，只见家家户户都在那里捞毛纸，并且每一只纸槽边都是男人捞毛纸，女人站在边上，等男人盖上一张纸，女人就在纸上撒一层柴灰，这样捞一张、盖一张、撒一层，男人女人都没得空。当时正是六月夏天，日头毒辣辣的，天气闷热得很。罗隐是走得口里燥得要命，就走到纸槽边想讨碗水吃。那女的就说了，可惜这里的茶水喝光了，家里倒是有，只是我们这么忙，哪里有工夫给你去拿茶呢。罗隐看看，也是的。就说，你去帮我拿茶吧，这灰嘛，就不用撒了，叫你男人一张接一张盖上去就是了。那妇女就说，不行的，不撒灰，毛纸扦不开的。哪里晓得罗隐接着说，放心吧，不会的，毛纸一定扦得开。那妇女因为心好，心想这人也可怜，所以虽然不相信罗隐的话，但还是回家去拿了茶来给罗隐喝。

没有想到的是，当天晚上，那不撒灰的毛纸还真的很好扦，和撒了柴灰的一模一样。这一来，大家都学她的方法，再也不用撒灰了。

方腊的故事

  方腊是北宋末年著名的农民起义领袖，又名方十三、方赖，传说是个癞痢头。方腊家住淳安六都方宅村，替人做佣工、做箍桶匠，家境贫寒。

  有一次，他到岭源岳山村最里面的小山村（因方腊得天书而称"老鸦窠"，一直沿用至今）箍桶。当时因为大家都没有钱，一般都是用实物当工钱。这一年，方腊回家时的工钱就是一袋玉米和一袋芝麻。刚上路，就遇到一大群乌鸦一个劲地朝他叫，还把屎拉到他的痢痢头上。方腊很恼火，抬头见大树上的乌鸦窝，就爬上去准备把窝端掉。但他上树后，却在乌鸦窝里得到了一把宝剑和一本天书。天书上的文字他都认得，除了告诉他布兵列阵的兵法，还告诉他宝剑的妙处，要他用宝剑好好干一番事业；还说要在某年某月某日用宝剑把山后的竹林砍倒，把毛竹剖开，里面有天兵天将会帮助他。方腊很高兴。抛起宝剑一试，刚好有一野鸡飞过，结果是野鸡头马上落下地来，很是灵验。

  方腊十七八岁时，他父亲死了。方腊便请了一位阴地先生给他父亲找一块风水宝地安葬。这个阴地先生找了一年多时间才确定了一块地，并告诉方腊说："这是一块宝地。"方腊安葬了父亲后，阴地先生又对方腊说："按道理讲，明天早上你父亲坟头上会出现一把红雨伞。如果真的出现的话，我要问你讨个红包。"

方腊将信将疑。

第二天一早，方腊便跑去坟头看，果然坟上长出了一朵红蘑菇，心里暗暗称奇。但又想到要出红包，而手头又不宽裕，于是就随手从旁边拔了一把青草盖住了红蘑菇，便回家了。

阴地先生早在门口等候。见到方腊，开口就问有没有红雨伞，方腊结结巴巴地说没有没有。阴地先生就说，那我们早饭后再去看看。方腊无话可说，只好答应。

饭后，阴地先生同方腊来到坟地一看，就连声说："可惜可惜真可惜，方家要出草口（草寇）了。"方腊一听，知道大事不好了，连忙跪拜道歉："万望先生帮忙，我若得九五，定当重用先生。"阴地先生说："天机不可泄漏，既然已经如此，也就难以更改了。不过好在还有挽救的机会，你一定得下定决心，决不可贸然行事。"方腊连忙答应："一切都按先生吩咐。"阴地先生说："你从明天开始，每天做一个草人菩萨，要连续做三年零六个月，不得有误。做成之后，念咒语、发净水，可画符起兵。"然后就教他咒语画符之法，方腊默默记在心里。

第二天一早，方腊便开始动手做草人菩萨，一直坚持了近两年，做了五百多个。但是方腊太性急，想早点当皇帝，就把这些草人按照阴地先生所教的方法，安排在后院，接着念咒语、发净水、画神符，果然，五百多个草人全部腾空而起，一直飞到大宋皇帝金銮殿上空，齐声呐喊："方家天下，赵姓让位。如不让位，我们要打下来了。"这时候刚好是卯时，宋皇上朝，只见黑压压一片不知何处来的兵将盖住了金銮殿，急忙寻求对策。好在一人献计，用火攻之法。只见万箭齐发，空中一个个火球往下掉，竟全是着火的草人，才知是被人用了妖术。

方腊久等神兵不回，心知是凶多吉少，只得到后院向阴地先生请教。阴地先生说："你也太性急了，时候未到，时机未成熟，你就贸然起兵，岂不得不偿失。"方腊请教还有没有别的良策，阴地先生又教他："我还是那句话，你一定要有耐心，切不可操之过急。你门前的那一片罗汉竹，每一节里都有你的兵将。你可以从今天起做草鞋，挂在每一根竹梢上，等你把做的草鞋使竹梢弯到地的时候，天兵神将自然会出来，到时起兵，必然完胜。"方腊大喜，马上动手做草鞋，做了一个多月，把草鞋分挂在竹梢上，但毛竹还是挺立着，一点也不弯曲。方腊心想，这样下去，要到什么时候才能成功？于是就动了小聪明，在每枝竹梢上挂上了一块大石头。还没等完全挂好，只听得一片"聒、聒"之声，那一片竹子全部被压倒并裂开了。方腊一看大惊，因为每个竹节里真的有兵将，只可惜都还没开眼，不能用。

方腊只得又跑到后院找阴地先生。好心的阴地先生又给了方腊一次机会："你可以准备三斗芝麻三升绿豆，我教你念咒语，然后前后左右边走边撒，撒时要注意，撒三把芝麻再撒一把绿豆，芝麻是兵，绿豆是将，你一直往前走，不能回头。"方腊很高兴。第二天一早，他就按照这一套做了起来。

一直走了十多里路，也撒了不知多少芝麻绿豆，只听得后面雷声般轰鸣，并且越往前走，声音越大。方腊忍不住回头看了一眼，这一回头，自己倒没什么，但后面的兵将以为方腊想回头，也急忙转身，结果造成一片混乱，踩踏死伤无数。这时方腊才想起阴地先生的话，知道这些都是他的芝麻绿豆官。于是一路向前，再不回头，带着这些神兵，无往不胜，一举攻下了杭州城。

但方腊始终是个性子非常急躁的人，所以最后还是经不住官兵的攻打，逃到老鸦窠，还是被追杀，又从老鸦窠一路逃下来，尸横遍野，血流成河，把小河里的水都染红了，于是老鸦窠外的村子就叫"红坪"；血水一直流到离红坪三里路的地方，河水才变清，因此这里就叫"青坑口"。这两个地名一直沿用至今，只是红坪改成了"洪坪"而已。

附相关史料：

　　根据《宋史》记载：宋徽宗时，睦州青溪人方腊，原本是漆园主。相传其性情豪爽，深得人心，能号召很多生活困苦的农民。宣和二年十月初九（1120 年 10 月）方腊率众在歙县七贤村起义，假托"得天符牒"，青溪的农民闻风响应，人数到达万人，贼军尊称方腊为"圣公"，改元"永乐"。

　　据容斋逸史的《方腊起义》云：初，方腊生而数有妖异。一日临溪顾影，自见其冠服如王者，由此自负，遂托左道以惑众。译成现代文为：当初，方腊出生时就多次出现怪诞反常的现象。有一天，方腊对着小溪自照身影，竟看到自己穿戴着像帝王一样的衣冠，从此自以为很了不起，就假托邪道来蛊惑人们。

　　方腊起义失败后，四处逃亡。据《山郭谱》序文云："因出方赖，无德无功，大逆犯上，遂矢彝伦，无辜连累，避难逃生，移寓昌溪，未迁正龙，安居陋巷，天不灭根，流芳拾世，传至兴宗，迁于红飞，不得兴隆，单传七代，至庆老公，数奇落魄，负载为生，明末清初，迁居山峰。"足见颠沛之状。

第七辑 乡贤诗文

我们今天所吟诵的一词一句，是历史文化的传承和人文精神的弘扬；我们记下的一诗一文，闪耀于历史的天空，并照亮未来新的航程！

方礼诗

和礼部尚书郑沂

台辅鸾坡国钜儒，草茅何幸沐亲书。
片言垂鼎辉蓬荜，只字流金忝耒锄。
盛世不才多自弃，象贤无地一生虚。
云岩高并双台石，今与佳章万古如。

和汪改

驱犊乘春阜畔耕，芳塘过雨绿初平。
犁从柳色添时举，枕向桃花落处横。
饮啄何尝忘帝力，歌谣仅可颂皇明。
皋夔事业昭如此，巢许原来浪得名。

和监察御史郑斡

白云留恋几经年，猿鹤凄其绕玉泉。
世事多端游客老，生涯数亩野人缘。
鹿门欲遂庞公愿，苍耳难逢太白贤。
圣主臣邻恩泽远，喜沾余润满桑田。

和郑杲

躬耕南皐一区田，结屋连云几稔年。

芹曝未能酬圣主，耘耔犹得庆尧天。

匹夫自是供常分，佳句何由锡大贤。

铁身标传存隐重，玉堂翰墨实文仙。

附：四人原诗

贺耕皐图

礼部尚书郑沂

玄英处士旧名儒，独羡云孙嗣读书。

数亩石田和德种，一犁春雨带经锄。

传家嘉见箕裘盛，罚稼宁忧仓廪虚。

试问客星台上月，年来高节竟何如。

贺耕皐图

汪　改

幽居石皐乐躬耕，鼓腹讴歌颂太平。

负耒出时朝日上，荷锄归去晚云横。

扶商德业思伊尹，佐蜀功名忆孔明。

圣代求贤正如渴，未容畎亩久潜名。

贺耕皐图

监察御史郑榦

待漏金门十数年，好怀长梦到林泉。

鹓鸾已忝清朝列，松竹犹存旧日缘。

耕凿安量超后辈，衣冠敦俗继前贤。

知君轩冕非无志，自是南阳胜有田。

贺耕阜图

郑　杲

屋上青云屋外田，为农岁岁愿丰年。

林间鸠唱春阴日，谷底莺啼雨后天。

化诱早闻诗礼训，播耕惟仗子孙贤。

知君堂构题存隐，千古交章铁笛仙。

方骥才诗文

哀子清同年少女抗志遇害

清门代有女宗师，二八芳龄自璧持。
一任贼来刀乱斫，只留香骨见严慈。

吊邑侯罗大令

寇退公来县肃清，猝然闻讣满城惊。
疮痍未复身先死，抱恨重泉风夜鸣。

单车远远赴愁城，残喘余涎泣众生。
得假天年临莅久，桐庐江上水加清。

寿吴一峰七十

吴生白眼向青天，傲骨崚嶒似更坚。
老去坐忘无一事，尚能醉漉酒如泉。

山　村

竹杖芒鞋石径斜，盘盘磴道踏云霞。
山深似少樵人迹，忽见炊烟四五家。

重九卧病

佳节新晴景气和，文园底事困微疴。
闭门菊市黄今过，入手橙香绿自搓。
橄叶缝帏非正则，松花落尘伴维摩。
病窗闲却登山屐，一卷黄庭且自哦。

偕孙云卿申屠筱石游阆仙洞

秋高相伴访仙迹，解得衣裳脚力松。
仿佛有光从口入，回头已被白云封。

石壁留题削不成，药炉茶灶有逢迎。
仙人今日莫回避，与尔围棋赌一枰。

看君元似地行仙，乘兴来游小洞天。
历过几重行不得，恐惊虎豹石床眠。

出洞闲闲日色斜，相看双足绕烟霞。
樵风送我登归路，直到桥边野老家。

重访东家夜色迷，行踪不日隔山溪。

邻人报道登仙去，顷刻云中有犬鸡。

菜　根

傲士微言至理该，味无爽口老君咍。
寒家一瓮余冬旨，待蹴蔬羊清梦回。

松

拔地凌宵千丈松，何人手种诘无踪。
不逢风雨动君子，一夕崩崖定化龙。

梅

老树根依短短墙，不花孤负此寒香。
出头又被风霜妒，迟早梅心自主张。

枣

秋风秋雨实离离，芒刺生来易忤时。
不避入山刀锯利，赤心可剖与人知。

贺江养泉移居

吹笛骑牛炯有神，俗疑嵩少炼丹人。
忽移家具溪南住，书卷牛腰压担频。

披裘公

五月热不触，披裘非为贫。
寄言皮相士，当世有畸人。

白云源吊远祖玄英处士

惊帆片片逐飞湍，峡束沙回石壁寒。
鹤屿有情奇句出，銮台无分一官难。
晚居鉴曲追狂监，我眺元亭似馆坛。
汐社西连谢君墓，英灵文字未摧残。

桐君采药

樵人拾箭迓仙翁，问姓无言但指桐。
山势盘盘銮隼集，炉烟寂寂菌芝空。
方书应授赤松子，余技漫传黄石公。
药录倘存笺注待，飒然祠宇傍青枫。

（起势飘忽。）

赠何牧云大令

辍耕骑竹走童儿，迎候紫芝眉宇奇。
吏识戴星贤令出，人歌喜雨后车随。
野蔬入馔供常薄，纸帐清眠梦亦奇。
仁政由来经界始，生祠父老已镌碑。

不伦翁自叙

难中人曷为笑也，写难中事又曷为动人笑也。余曰：嘻！日集难中人而与谈难中事，则不啻益陷之于愁城苦海，而生趣绝矣。日集难中人而令其必笑，则不啻力拔之于愁城苦海外，而生机畅矣。此不伦翁之《独笑录》所由作也。不伦翁为人诙谐潇洒，其所作皆称是。自乱军掠境，遁迹山林，采薪自给，无何而病。病后，作杂联一卷。其明年军退又病，病后作诗一卷。曰：此中非第有笑意，且有笑声。日披阅之，将欲自拔于愁城苦海也。

余同为难中人，久不能笑；亦实无可笑者，以动吾一笑。昔人谓：人世难逢开口笑，诚不可强致也。今观联语而始笑，读诗词而又笑，是两卷皆足动人笑者，即皆足拔人于愁城苦海者也。乌可匿之为独笑，而不与人笑笑乎？遂以笑笑名其卷。

方金琢诗

八十自寿

百折千磨万念平，闭门眠食了余生。
尝来世味知咸淡，说到文章尚性情。
热闹不如闲有味，清高还藉福能成。
行年八十寻常事，赢得衰龄两眼明。
家居曾记蓆为门，今日沧桑不可论。
大丈夫原观志节，小经济亦善乡村。
寒天煨芋能无妇，长夜煎茶幸有孙。
松柏天寒霜雪压，暂时低首又春暄。

附：

寿方古香丈八十

袁昶

奚止当年漂母恩，造门父党晚逾尊。
神藏大谷观群化，气压崩涛养一源。
课子肄书黄槲社，劝农扶杖白云村。
簏中一卷兵家秘，老去雄渊孰舆论。

（道光庚子辛丑间定海之变，丈曾上书浙帅汶上刘公陈兵事。）

南村方氏茅亭

袁振业　榆垣

晚悟谢尘绁，闭关三十年。

去年篱下酌，共藉菊花眠。

山槛看落日，潭鳞跃苍烟。

几回俗士驾，剧杖出园泉。

开堂竹色净，行汲水纹圆。

不羡石渠议，高咏鹿门篇。

谁识荣期寿，寒裘只著棉。

（古香丈年近九十，尚健饭。）

随侍游富阳海宁承命学诗次韵（三首）

次舟过富阳韵

东风细雨皱春潭，一抹寒烟破晓涵。

对面笑颜峰十二，昨宵眉样月初三。

闻诗学愧趋庭鲤，下笔声迟食叶蚕。

毕竟长风思破浪，片帆何事下江南。

次由钱江浮海抵海宁韵

平居坐论管窥天，鼓棹浑茫今爽然。

不定楼台生蜃蛤，自平沧海足鱼鲜。

射知弓弩添三万，济愿慈航化大千。

远岸郁葱佳气汇，地灵欲效孟三迁。

次游海宁陈氏安澜园韵

胜地百余载，来游别有天。

径穿山洞曲，池卧树花妍。

石磴莓苔绣，尘埃御榻悬。

修篁余落日，高阁散寒烟。

盛事伊谁继，繁华未可传。

安澜遗迹在，凭吊岂徒然。

附：

戊戌三月六日舟过富阳

方漱云

一枝柔橹富春潭，莺燕东风淑景涵。

自惜蹉跎年十七，还欣游览月初三。

红翻桃浪刚浮鸭，绿破桑苞近饲蚕。

此去川途占利涉，不妨计日到江南。

初十日由钱江浮海抵海宁

一望无涯水接天，身临万顷竟茫然。

却惊浪涌白难定，更讶山遥翠失鲜。

战雨横空腾八九，填雷奋击起三千。

才非赋海徒拈笔，不计沧桑几变迁。

十四日游海宁陈氏安澜园

闻道园林好，来游近午天。

莺啼犹似诉，花笑尚争妍。

东阁芸香杳，南楼水影悬。

桥平横翠藓，石峭锁寒烟。

往事吟增感，流风句共传。

安澜饮睿藻，怀古一怆然。

方辛诗文

访玄英先生故居

山色沈溪倒景明，传芭何处访先生。
破扉经雨苔花湿，故径留烟石气清。
残墨昔曾余砚沼，名流今未冷诗盟。
书香一脉传孙子，墙角时时认短檠。

留　侯

乔木雕藟韩世家，淮阳学礼避荒遐。
晚知依隐曲仁里，早误惊奇博浪沙。
一笑寓言黄石冢，终难出世赤松家。
成名薜苣良多偶，服食轻安亦有涯。
（无限寄托感遇之遗。）

淮　阴

漂渚迟徊乞食腔，将才天得竟难双。
万家烟冷淮东冢，一帜功成井口幢。

钟室妄传临没语，木罂岂任渡军艧。

史言诬枉何堪信，古事淆讹亦太厖。

陆　贾

携得千金宝剑归，从容舌论拥轻肥。

雄谈坐折名王气，片语能肱右相机。

所著第如长短说，处身能免墨儒讥。

无端全德梁人志，种果羲之亦庶几。

（梁《简文志》：古今全德之人，以陆大夫为首。《右军辞
世》帖云：欲依于陆贾班嗣杨王孙之为人。）

谢皋羽竹如意歌

松风谡谡吹村坞，落日低徊当涧户。

竹石声中变徵悲，千载西台泣皋羽。

偏安残局已陵谷，勤王师孰催索虏。

油幕晚余丞相客，寒鸦汐社增凄楚。

燕台何处更招魂，朱鸟一声关塞苦。

手持如意浩然叹，泪滴空山湿芳杜。

此竹柯亭笛不如，非复从容谢家尘。

吁嗟魂兮不归来，许剑亭荒苔苏古。

寒泉一勺酹云旗，起折山花为公舞。

钱武肃王锦树歌

人生快意当何如，衣锦昼行良不虚。

辉生草木余杭陌，塔照金塗日色余。

天目之山垂两乳，时来霸气山川舒。

英灵崛起得凭阻，梦占肠绕阊门居。

十州一剑开雄镇，山越余孽资驱除。

终收版图纳炎宋，仍芘苗裔锵琼裾。

当时还乡宴父老，锦袍玉带巡回庐。

检点昔年游钓处，溪光山色迎朱舆。

王周览之畅然喜，以锦挂树夸耕渔。

里巫畦叟尽欢跃，烟林春丽回扶疏。

后车定载罗昭谏，授简为咏张其闾。

至今村氓传轶事，树老空心根窟鱼。

丛祠香火游女盛，略似花开陌上初。

集归去来辞题画

其一

云壑观流趣自存，盘桓菊径倚松门。

携琴命酒消忧戚，矫首临风乐寄樽。

其二

岫倚窗南看鸟归，门临松径有云飞。

欢来策杖观园菊，泉壑风清时入衣。

合江亭

滚滚江流碧映天，风亭闲望水容鲜。

湍明素练萦窗外，山送清辉到槛边。

折柳时时闻短笛，凭栏一一数归船。

穿云欲采桐君药，瑶草芝英可驻年。

马氏林亭

近水林园趣最幽，千岩万壑一窗收。
路缘石角穿云上，亭压花梢映竹浮。
仰见云光团翠岫，远看帆影入芦洲。
不须更觅丹邱侣，此乐真须物外求。

秀岐堂

逸书先代记嘉禾，双穗曾欣瑞麦多。
野老早传三白谚，斯民犹唱两歧歌。
定知福地呈灵贶，想见康衢仰太和。
为问虚堂谁署榜，漫同绿墅映烟莎。

大雅宅

乡名至孝里求忠，谁似斯人德义丰。
千载茭溪传盛事，一州名族仰遗风。
能驯群鸟真纯士，可感祥乌见苦衷。
拟向水南寻故宅，苔扉应在绿阴中。

清芬阁

偶挟诗瓢住镜湖，千秋涉想笑颜朣。
龙梭织字凭谁和，鹤屿留题只自娱。
逸迹不妨僧寺寄，清名犹与钓台俱。
至今高阁留遗址，文藻传家有画图。

吴江夜泊

扁舟今夜宿吴江，隔岸凉灯照水窗。
浑忘信明佳句好，自吟枫冷对渔矼。

游虎阜　用同年蔡朴庵孝廉韵

天绘灵奇映碧波，舍舟登眺定如何。
石径屐迹苔花少，碑列亭阴藓字多。
绀宇香台烟不散，剑池寒水镜新磨。
二何旧隐今芜没，应剩题名待手摩。

（梁处士何求及从弟允俱隐此山。）

江　村

江上碧云生，苍苍葭菼暮。
高柳不闻蝉，野樵时问渡。
我欲扣苔扉，岸荷微有路。
小立蟟沙头，平田飞一鹭。

宿车逻汛大声发于水上睡不成寐起赋七古一章以遣旅怀
日果风息浪静安稳渡河

扁舟夜宿芦花洲，日光照水凉烟浮。
更阑人静我欲睡，大声忽到江边楼。
江边猎猎喧蒲苇，响激春涛打船尾。
蛟龙暮挟水云飞，强弩射潮曾有几。
宵深万窍犹怒号，江神海怪骋雄豪。

蓬莱圆峤知何处，猛厉直疑驱六鳌。
我祝风师静波浪，水国恬安凭默相。
涉川舟楫便往来，乞与祥飚扶客舫。
歌罢潮平风亦平，须叟万籁寂无声。
明朝依旧红轮拥，高挂云帆上玉京。

春日湖行观水乡风景

鸭头绿水泛轻舟，两岸人家枕碧流。
暖入春波争放鸭，翠深烟树未鸣鸠。
茭芦处处编鱼簖，杨柳依依拂酒楼。
是处天然好图画，营邱妙趣笔端收。

囷　碑

黄旗紫气久应穷，寂寂残碑草棘中。
笑倒东京余谶学，误人符瑞献谀工。

谢文靖土山

江表风流属谢公，碎金一卷已俄空。
土山雅集无人继，绀宇青林夕照中。
（此思救时贤相之意。）

戏马台

郁郁离离绿草柔，项王曾此试骅骝。
据鞍气欲吞三辅，踏铁心期蹴九州。

霸业蕉中看鹿逐，悲歌账外割鸿沟。
英声消歇荒台寂，休怪当时笑沐猴。

董江都故里

元狩经生第一人，清明繁露岂华身。
谁知阿世畜川牧，能使先生骨相屯。

（刺时之作言蔽贤者众。）

哭少女岭芝罥贼遇害

此女称名唤岭芝，原将清白励操持。
而今一死堪千古，留得休声四远驰。
此女心肠铁石贞，怀芳佩洁不图生。
年来彰义铜山下，翁媪能传骂贼声。

附：

八月十二日与袁菘畦明府（献书）
方云岩孝廉（毓瑞）夜话京师会馆

张巽翔　原名：怀轼

水调歌成水国秋，愧无佳句继眉州。
盍簪喜共桐江住，联袂争将桂月修。

（谓南北乡试诸君。）

上苑探花随骥尾，老成对策占龙头。
蓬莱亲切登瀛便，谢却雷封百里侯。

（菘畦铨选尚早拟入春闱。）

大成殿赋

翰林主人问于子墨客卿,曰:盖闻圣人之笃,生也为天所佑,为民所钦。受箓图而垂拱,如日月之照临。吾夫子道尊,彝鼎器重,瑶林杏坛,鼓瑟阙里,弹琴曾不得鸣玉于华殿。托迹于朝簪。侍松云之栋梠,见宫宇之深沉。何明德已臻于粹,而昊苍莫鉴其忱也。

子墨客卿曰:唯唯否否不然,子不见夫大成殿乎。夫大成殿之壮丽也,墙宇崇峻,庙貌恢奇;彤轩紫柱,绣栭云楣;鹿枦子蜿,龙树夔跐;浮柱笞嶪而星悬,飞檐轩鹜而霞移。陋朱鸟黄龙之制,揆金马白虎之基。景福灵光,无以喻其峻;披香飞羽,无以比其仪。大矣哉,圣人之居也。子盍仰而祝之。吾试与子度崇基窥爽垲,入户而拭尊瑚,登堂而观鼎鬲,云浮拱而舒青,虹绕梁而流彩。礼义必习于上。辛祀典不同于吉亥济济者,五经之拜维殷巍巍乎。百世之师宛在,十哲环侍,诸贤相向,似立缁帷,如趋绛帐。自汉唐而已重师资,至宋元而弥崇德望。图书争重夫素王,殿阁用占夫大壮。悲辗轲者,叹君子之固穷;荐馨香者,幸斯文之未丧。则何慕乎列屋以居,而何羡乎高门有阕。神已栖于闺阃之中,殿宛峙于云霄之上。是惟道佐黄虞德高荣毕,阐发危微纲罗散失。故虽屈于当时,犹见伸于异日。生前安一亩之庐,后世居八琼之室。蕊宫内无此高寒,香案旁何从对质。而子乃以河图不出凰德,其衰悲至人之无位,叹显报之堪疑。岂知德薄而有位者,其食报浅。德厚而无位者,其食报迟。今圣人远矣,而宗庙飨之例。以方泽圜蓝之祀,重于轩辕帝喾之祠,生民来未有夫子也。子其为我歌辟雍之诗。

翰林主人肃然动容,谢曰:微吾子言,吾不知圣泽之长也。乃歌曰:

彤彤灵宫何巍嵬兮，游圣人门如观海兮。

高堂邃宇神常在兮，春秋享祀礼不改兮。

圣王在上正学昌兮，礼隆释菜崇庙堂兮。

思皇上多士畏圣谟之洋洋兮，观其车服临在上而质不旁兮。

稻花香馆诗集序

居涧曲泉清之地，最畅吟情；遇烟红雾绿之时，不无逸兴，而况高情盖世，豪气逼人。呼屈宋为衙官，目曹刘为余子，虚面十年之壁，未青一领之衫，宜其触拨无端风流，独写林泉，供其啸傲。花月恣其咏吟，诗人少达而多穷，此言洵不谬也。

吾邑周环桥先生，裁锦胸中，餐花梦里，眠吞彩凤，袖握灵蛇，具抑塞磊落之才，有卷稷充融之誉，庸中佼佼，才大槃槃，面亦如田，目真似电。使得凤翔阿阁，龙跃云津，必能搴旗于鲍谢之场；拔帜于邹枚之队。而乃盆花莫兆，贡树难分，玉徒韫于荆山，珠久潜于合浦，未免有情亦复谁能遣此乎。尔乃放怀幽岫，托兴烟效，以萝石为娱，得云山作侣，斗酒双柑，以出纱巾竹杖而来。每当绿绣平堤，翠浓叠障，树涧苍野，雪压寒林，触景生情，涉笔成趣。又或酒楼歌馆，水市渔村，闻筝语之凄凉，听榔声之远近，就粉壁而濡毫，遂为绝唱。拓蓬窗而吮墨，便入选楼，盖器和则响逸，居幽则思至，能纵心于域外，故得意于毫端也。

今年菊花时，以吟稿见示，言言锦粲，字字珠零。其为体也，则有类于放翁；其遣辞也，则迥超于莘老，无白俗元轻之弊；擅沈诗任笔之能。几回雏诵，敢以瓦奏而代琅璈；弈世芬芳，欲和雪嚼而洗心肺。谨序。

附：

稻花香馆诗草序

环桥予同庚也，长予半月，予兄之天才亮特，不事修饰，居乡缔交皆正士。接人以义，孚人以至性，予友之；为儿女联姻，予宾之；嗜酒，工诗，兼癖于钓，著有《稻花香馆诗集》，则予颂之，而尤师事之。当其弱冠游庠，试辄高等，乡先生咸相器重，以为激昂青云，蜚声翰墨之才。忽焉，弃科举业。父年迈又襄家政，服劳余闲，不废吟咏。友访其家或不遇，寻诸烟溪云潭，则绿蓑青笠，一竿横波。胸右悬一酒瓶，兴至得句。沿堤缓步，歌呼呜呜。人遥望之，而知其为环桥云。既而溷迹商贾，持钓竿酒具诗筒，遍游姑苏、樆李，五湖间名山大川，亭台楼观，凡在名胜，遇必登赏，赏必寄吟，吟必佐酌。由是，其诗益工，波涛荡胸，风云赴腕，抒写性灵，摹状物态，读之超迈有奇气。人咸慕环桥之才，而惜其无意科名利达也。诘之笑而不答，固诘之，则望望然去。

噫！环桥其别有托耶，抑视当世科名利达之途，比比若彼。翻不如自有不朽者，不甲第而荣，不膏粱而饱耶。人固不易知，知环桥者，烟波钓徒耶，驴背诗客耶！与意不在酒之醉翁，而与我为四耶！谨序。

方逸夫文

李洪奎、洪有二公合传

民国纪元第一甲子之冬，姻属申屠曰宪谓余曰："子知明岁梧村李氏将有事于宗谱乎？吾娶于李若，岳父清其公，伯岳斗山公，生皆有益于人，死不能无闻于后，子为吾传其大概焉。"余曰："二公者，于余为内舅父，行子之所请，是吾志也，敢不唯命。"乃作二公合传。

洪奎，字拱宸，号斗山，清太学生，元全公子；洪有，字清其，元诚公次子。同祖受寀公，故为从兄弟。幼从明经岳宗先生读，颖悟异常儿，师尝以远到才目之。奈为环境所迫，先后辍学。斗山公已通文义，能泚笔作短文；清其公在塾时少，仅能书账目记姓名而已。斗山公性倜傥，身材短小，而发音特宏亮，遇事有断。邻村章履和先生素念其人，聘为沪上税局司事。闻见既多，见识愈广，喜交游，居常高朋满座，谈笑诙谐，酬酢往来少虚日。遇亲友有急难，辄不避艰险，挺身相助。此殆根诸血性，人亦以是乐与之交。李氏大宗祠在富邑场口，失与祭者多年，公以力争得之，使子孙知所自出，其目光之远大为何如耶？清其公性和易而谨慎，与人交接，从无以疾言厉色加人。力田服贾，操劳不倦，遂以勤俭起家，广拓膏腴，新营堂构，晚年得享有田园

268

家庭之乐；又能出其余蓄，襄成筑亭修路建桥之善举。其急公好义，有足多者。光复以后，地方公私事务较多，对外应付，斗山公任之；对内应接，则公任之。其后斗山公先逝世，公独任艰巨者数年，虽未贻讥覆𫗧，而已感将伯寡助之痛矣。至其天性孝友，创办族中小学，排解村中纷难，则又二公之所同也。逊清末叶，官权稍弛，本乡遂多械斗之恶习。梧村居横直路之间，环而居者，如深澳、荻浦、严坞、石泉、小潘、会山等，皆大村落。是诸村者，大都有互相仇杀之惨，唯梧村独超然无事，村人安于畎亩衣食以乐生送死，而孰知二公之苦心孤诣维持，至于数十年之久也。斗山公以民国九年卒，享寿六十有七；其后二年，清其公卒，享寿五十有八；其后一年，梧村严坞发生械斗，虽不久和解，然已各有伤亡。时梧村人莫不曰：使二公有一存者，或不至此；严坞人亦莫不曰：使二公有一存者，或不至此。然则二公之生死，关系一族之安危，不为之传，则后孰知其自二公维持之力也。斗山公娶申屠氏，生子二，长兆发，先亡；次兆淦，现襄谱事。清其公娶郎氏，生子四，长兆荷，次兆芬，三兆馥，四兆花，皆习商业，而亦不废耕种。兆荷曾任本村校长年余，尚其克念乃祖勿坠家声，岂唯一族是荷，将以慰二公在天之灵者，其道在是矣。

清廪贡生日本早稻田大学毕业 浙江第三届省议员 桐庐县教育局长 外甥婿方蛰拜撰

（此文载于《严田李氏宗谱》）

后 记

　　石阜村方氏为桐南大村巨族，自南宋乾道年间璿公自浦江入迁以来，已有近 900 年历史。经过几十代人"积石成田，垒石成阜"的努力，在大源溪古道荒滩上建起了大村，并且村落布局、建筑规模等方面均秀于邑内。其九世祖方礼以《劝农歌》和《耕阜图》而名动京师，被《桐庐县农业志》奉为"桐庐农业第一人"；明清两代更是乡贤蔚起，引领当地风气。因其优越的地理位置和独具特色的耕阜文化，这里曾是窄溪区公所所在地和石阜乡（镇）政府驻地，是县内行政村合并前农业人口最多的村，也是目前县内最大的单姓人口集聚村。在新农村建设中，该村又能高瞻远瞩，以时间换效益，着眼于文化的保护和挖掘，在深入调研的基础上，先规划后建设，保护了宝贵的原生态的农耕文明机理，为进一步提升新农村建设品质和乡村振兴打下了坚实的基础。

　　作为土生土长的桐庐下南乡人，对生我养我的这片土地饱含着感情，也早有为家乡写点什么的想法，可惜条件一直未成熟。2014 年，县内文化耆宿申屠丹荣先生邀我共编《美丽桐庐村景诗集》，并因石阜村景诗无存而深以为憾，嘱我一定要写几首以补阙。我力辞不过，只得从命。在创作采风过程中，与石阜行政村书记方明亮结识，并为其敏于思笃于行的卓然人格魅力所折服，因感佩其言行而引为知己，于是很自然地应承为其村收集、挖掘、整理地方历史文化。经过近4年的努力，把整理成果结集成《耕阜石阜》一书，现在终于可以付梓了。

本书的创作过程中，村两委会专门组织专家组对创作大纲进行了论证，与会专家提出了许多建设性意见和建议，在此深表谢意。采访过程中得到了广大村民的大力支持，特别是方绍均先生多次带作者穿巷入户，方庆庭先生把多年收集的资料无偿提供，体现了石阜村人一贯的热情和大度，在此对先后谢世的方庆庭和方绍均两先生表示崇高的敬意。方长生先生的《石阜村落文化忆旧》和胡明豪先生的《少将方匡高的简历及生平事迹》，也为本书的创作提供了宝贵资料，在此表示由衷的感谢。此外，桐庐县委宣传部、桐庐县文联、桐庐县委档案局、桐庐县委党史研究室、桐庐县政协文史委、桐庐县文管办、桐庐县图书馆等单位的同仁也给予了无私的帮助，在此一并致谢。

此书的部分资料，已经为《石阜村微村志》《石阜村改造规划设计》《石阜村申报传统文化村落》等提供了依据。虽然如此，但限于作者能力和资料的缺乏，特别是村中方氏家谱散佚，相关历史资料大多只能从村民口传中得到，难免讹误；部分文字和图片资料，也未能得到确证，因此书中差错定然难免。在感谢所有受访者和相关作者的同时，也敬请广大读者朋友海涵。

作　者
2018 年 7 月